寡人

阿乙

译林出版社

目录

前史 — 1
前言 — 5
2011 — 9
2010 — 29
2009 — 91
2008 — 173
2007 — 219
2006 — 275
2005 — 303
起源 — 315

*

前史

*

随笔（1995—2011）

这个人找到了驾驶自己小舟的激情，发现大海在为他这一了不得的事业欢呼。而在此之前，作为一个不信神的人，他拥有和体验到的无聊，比别人要多很多。在他身上曾有过一段漫长而虚无的历史，这段历史差点撑满了他的一生。

* 前言 *

回归 2011 年 5 月 3 日

“家具又长高了。”

这个奇异的句子来自古巴作家阿莱霍·卡彭铁尔的《回归种子》，一部讲述时光倒流、返老还童的小说。类似的尝试在马丁·艾米斯的《时间箭》、菲茨杰拉德的《本杰明·巴顿奇事》以及李沧东的电影《薄荷糖》中都有呈现。

我是在编辑书稿时意外撞进这个魔圈的。我需要在博客、笔记本里选取这些年来的叙事内容。仅仅为着方便，我从最近更新的一篇开始看，看了很多天，一直看到久远的上世纪。在这历程中，祖母从坟墓中走出来，走向卖橘子的小摊，中风的父亲健步如飞，姐姐失去皱纹，而被我伤害过的人还在展露那仿佛蹚过冰河坚毅而天真的笑。一切不幸都在消失，物体正从悲哀的黄昏向生机勃勃的早晨行进——只有我像霉烂的木桩，始终钉在时间的河流里。

我像滚动胶片下隐藏的鬼影，一动不动僵在那里。

这甚至都不能称为忧郁。也许它是：

偏执、狐疑、刻薄、恶毒；

软弱、颓废、矫情、残暴；

自怜、自私、自弃、恐惧。

我像块阴暗的石头，大多数时间待在房间。既不立足于人间，也不存在于冥界，就是在阴阳重叠之处孤零零地活。所见世界早已萧条，有着昏暗而透明的光芒，就像天空涂了一层薄薄的硫黄，同时四周在刮陈腐的冷风。

有一天，一个人跟我说：

“我看你就是个活死人。”

“是呀，我是。”

我很少自辩。事情就是这样，不是不想改变，而是体内总有一股懒惰而深刻的力量将我拉下去。我觉得自己是个操蛋的人，有时不是为了去兑现不好好活的诺言，而仅只是为着赐自己一张安稳的放荡之床。

* 2011 *

精神深渊 2011年3月18日

她说她很孤独，“一天只喝一杯咖啡”，还有“死亡时终归是一个人”。我看了我侧方的杯子，我一天只喝一杯牛奶。杯底是没溶化干净的奶粉，结成团。沙发上堆着杂志、笔记本、充电器、衣服，还有塑料袋。我在这些物品中间找到落座的地方。有好几天我根本没出门，也不干什么事情。从醒来起，活着，直到天又黑了。

沉浸 2011年3月7日

无数次路过这个词，既没读错，也没用错，但在今天坐一辆小客车穿过宽街时，却像是第一次认识它。我想到人参泡在深黄的药酒里，或者湖边逐渐湿烂的圆木桩。我认识到它，是因为阳光太好，牢固的车窗挡住寒风，我处在一堆新结识的人当中，丢掉沉浸的感觉。这些仅只认识一天的人华贵、聪明而饶舌。此前，我连续几天沉浸在一首歌里，坐在沙发上发呆，想象世上有一人正穿着落地长裙，在漫天飘飞的花瓣中热闹地起舞。因为笑得开心，她的牙齿显得格外洁白。而我被隔离在家。像绝食一样将自己隔离在家。

“结婚喏。”

坐在沙发上时，我接到父亲的电话。我愤怒地走来走去，好，那就结婚，结个你看看。

作品的起源 2011年2月27日

博尔赫斯曾这样分析爱伦·坡的诗《乌鸦》：作者首先考虑到叠句的妙处，继而想到英文的语音特点，认为最好记、最有用的两个字母是o和r，于是想起用nevermore（永不复返）这个短语。……因为一个人在每节诗尾都要有规则地重复“永不复返”这句话是很奇怪的，于是萌生了利用一只会说话的鸟的念头。他想到了鹦鹉，但又觉得把鹦鹉写进严肃的诗里不够雅致，于是想到了乌鸦。……他就采用了乌鸦，取名Nevermore，诗中不断重复这个乌鸦的名字。……接着，他想：什么事情最悲惨，最能感人肺腑呢？应该是一位美丽女子的香消玉殒。谁会因此痛不欲生呢？当然是这个女子的情人喽。于是他想到给这个痛失未婚妻的情郎哥取个名字叫Leonore，以便与Nevermore押韵。这个情郎哥该处在什么地方呢？于是他想：乌鸦是黑的，必须用白色作衬托；大理石半身雕像是白的。……这座雕像放在什么地方呢？在图书馆里。……情郎哥在图书的包围之中形影相吊，为他心上人的死去长吁短叹，情意缠绵。接着，乌鸦进来了。乌鸦为什么进图书馆？因为图书馆是个静谧的地方，应该有点喧闹的东西与之形成对比，于是作者又设计了一场暴风雨，设计了在一个风雨交加的夜晚，闯进了那只乌鸦。[1][2]

最近写了一篇小说《发光的小红》，也许它的意义仅在于那写的过程。它起源于对一组照片的阅读。在网上我总是去看她照片，有天忽然意识到她的手比别人略短。此后这种印象挥之不去，甚至修改了记忆。我记得和她有过一次见面，拥别时，没觉得有什么不妥，现在却觉得她的双臂当时便显出短来，以致不能抱住我的背部。

为了强化（挽留）这稍纵即逝的忧伤，我设想她有过一双光芒万丈的手，最终被毁掉了。毁灭是很多作者喜欢运用的手段，公式如下：

书写出无以复加的美好——让人激动；

再对美好进行无以复加的毁灭——让人惆怅。

我想我的这个主人公（小红）最终两袖空空，是啊，她有着世上最美好的手，最终两袖空空。为了增加悲伤力度，我让

---

[1] 博尔赫斯：《侦探小说》，黄志良译，《博尔赫斯散文集（下）》，浙江文艺出版社1999年版，第39—40页。

[2] 2019年2月19日补注：本次修订时，找到爱伦·坡《乌鸦》原诗及创作谈《创作哲学》阅读，发现博尔赫斯的转述有让人误会的地方，即nevermore并非乌鸦的名字，而是它对任何问题的回答。另外，中文译者在翻译博尔赫斯的转述时，将死去少女的名字——Lenore（Leonore）误安在了情郎哥头上。

“我”仅在这两个极端时刻看见她，而且必须对她怀有刻骨的爱情。为了让“我”不曾得到，我引入强有力的竞争对手（索寰），他年轻、英俊、活泼、有钱，同时还为她配备两个功利的“看护人”：作为巨富的舅舅和早已离婚的妈妈。为了衬托她的美，我引入漂亮而恶毒的女秘书（娟），我让后者溃不成军。而娟这个可怜的角色还会发挥另一个作用，便是在“我”不能追到小红时充当示威工具，“我”痛苦地与娟起舞，在小红面前展示可笑的自尊。

为了呈现这爱的战争，我设计出一个陈设奢华的庄园。因为忧愤，“我”离开庄园，二十年后再度光临时，庄园沦为工地，小红两袖空空。我不打算用车祸或者截肢等现实因素来解释，因此参照匹诺曹设计出另一个童话：因为诅咒，匹诺曹的鼻子越来越长，而小红则是手越来越短。很小时她的手便离奇的长，长大一点，它们缩短一些。“我”初次见她时，这双手恰好长到最合适的时候。这是她一生唯一的时刻，身上仿佛有无尽的光华。此后她便和她的手一起走向无可挽回的没落，直到手腕和胳膊彻底消失，肩窝里剩下两只可怕的手掌——它枯干、焦黑、粗糙，就像被烧坏的生姜。她就这样恐怖地走出来，张着两只微微颤动的、喊叫的手掌。

她终生忧虑，即使在最发光的时刻。为了毁灭得更厉害，我让庄园里丑陋、年老、粗鄙的司机娶了她。

这篇小说说明我有三种习性：

——煽情冲动。我想让人掏出手帕。

——卑微的骑士精神。我让“我”最终拥抱她，仅仅说明，这个卑微的男人获取了当骑士的资格。在她的手美好得会发光时，“我”沉浸在被镇压的情绪里，像《聊斋志异·瑞云》里的读书人贺生，在色艺双全的瑞云面前紧张、急促、敏感、自卑，但当瑞云蓬头垢面、丑状类鬼时，他成为她的夫，柔软而勇敢。

——自怜。无休止的自怜。

真相是作为写作者的我，在这个世界，在这一辈子，压根得不到这个女人。这个女人什么事都能自我消化，总是优雅地自处，我从来不被需要。我的热爱对她来说可有可无。

肉身的缺陷 2011年2月21日

多数人的嘴唇是有唇线的，情况就像{ }。

最近我老想到的一个人，嘴唇是O。

它没有一个消失的轨迹，而是像一个很小的圆循环起来。特别是在说话时，这种感觉非常明显。因此我想每个人的嘴唇都是雕刻师雕刻的，而这一对像是上帝粗暴焊出来的。我害怕。我也怕头发稀薄的女子，当我看见稀疏如渔网的头发下蜡黄的头皮，心里便会发紧。类似的是因为消瘦而凸显的椎骨，我会幻觉有人拿硬币或锉子刮削它。以前造过一个词：肉体洁癖。写过一个人就像总需要洗手那样，对别人残缺的容貌有着控制不住的恶心，最终杀死一位满脸疤痕的路人。

在罗兰·巴特的某本书里有个说法：弱点是庇护所。这感觉我也有，在热爱的异性那里，我会主动寻找一个弱点，作为感情的藏身之所。我喜欢大胸女人，铭记的却是穿着背心的平胸。类似的是浓密头发里渗出的白丝（它们必须在后边，而不能堂而皇之地出现在刘海上）、宽阔额头中间月形的小疤痕、哀楚而自主的眼神（而非乞怜的眼神）、父母离异者暴躁的脾气。

某些缺陷带来嫌恶，比如被挖掉的乳房；某些又带来热情，比如小眼。这是简单区分的办法，但一切还得取决于人的具体敏感。很可能第一眼看见被损毁的乳房时，人会恶心，但当这对乳房在观看者心里有着美好的过去时，它们又会召唤出忧伤与爱。我的经验是：如果第一眼便喜欢的，以后她展示出再多的弱点，也可以依靠这最初的1%收复失地；而如果在第一眼便将就，即使接受她的99%，那剩下的1%还是会像癌细胞越长越大，终致损毁一切。

人生简史 2011年2月11日

正月初一，弟弟开车带我拜年。在乡下的亲戚基本迁移来了，县城变得越来越大。过去尽在掌握的它已被更新更庞大的项目碾成粉末。

因为感到疲倦，有几家亲戚的年我们就不去拜了。每年我们都会漏掉一些亲戚，今年差一点没去看五婆。五婆是我爷爷的弟弟的老婆，是爷爷一辈留下的最后一人，七十九岁，守寡三十年。我们去，还是不去，挣扎一会，车子还是开到她家门口。她躺在床上，眼睛像姑娘一样明亮，脸庞光滑如冰，没有老年斑。牙齿紧密，是假牙。看到我来，支起上半身，有力地捉住我，说："你来了啊，你来了，你是柱儿，儿啊儿啊儿啊，你来看我了。"我说："是啊。"

"你来看我，柱儿。"

说着她的手更加用力了。一个老太婆的力气这么大。初二我再次去见她，她坐在藤椅上，双手无力地垂下，眼睛、脸庞和假牙都不见了，被一张布遮住。大家唏嘘，看起来还可以活几个月的，就那么快。可能是等大家都拜过年就走。

我在故乡和十几位同学唱歌。听听这些歌名就有些乡愁：《霸王别姬》《窗外》《红日》《世界第一等》《好汉歌》。我的乡愁在这些歌声里。我迷恋的人的小楼早已经被推土机推翻，后来重建的是另一个模样。我高中自习回家路过的看守所也改成大宾馆了。我在那条忧郁的路上再也看不见忧郁的、一言不发地放牛的犯人。大家都打起了精神。

有一位女同学在唱歌时哀伤地说，她决定重新生活，勇敢地生活。她离婚了。大家都很唏嘘，她的婚姻很长。而我呢，几天后，姐姐跟我语重心长地说："你外甥快谈恋爱结婚了，也就快生孩子了，他的孩子一生，你就做舅公了。"我想到我的舅公。我一出生，舅公就老得秃顶了。

沉默 2011 年 2 月 9 日

我终将会分成两部分
一部分是活着的沉默
一部分是死去的沉默
我从上帝那里借来的
分文未动

诗人 2011年2月1日

我有一双和父亲艾宏松一样的手，大得像作业本。我现在还没有结婚，但总是提醒自己，不去殴打未来的孩子。我记得父亲甩七八岁的我耳光时响亮的声音。我的妈妈不敢阻拦。在他走后，我仰着脸抽鼻子，再也安抚不过来。因为他的苛刻，我变成一个自卑而勤奋的人。

我们极少交流。即使现在我三十五岁，也感觉彼此之间横着一堵墙，无法像朋友那样畅所欲言。我们总是说三两句就说完的事，然后再把这些事重复说几遍。我们从不去触及对方的灵魂。我通过废弃衣柜上的画扉知道他攻过美术，通过我哥的名字（国光）知道他练习过口琴，通过留下老鼠嚼痕的《诗刊》杂志猜测他可能写过现代诗。通过这些一鳞片爪，我知道他曾经是强悍的文艺青年。但在后来的生活中他总是将这些东西评判为“玩物丧志”或“有什么用”，就好像它们是足以致命的病菌，会祸害我们一生。他将它们抹得一干二净。

也许一个人生存，他就可以维持这种文艺的爱好，但他照应的是我们一家九口人的生存。他成为开小卖部的生意人，后来开批发部、超市，将生意从乡村做到城镇、县城，在即将要去九江市发展时停止。我以为这里面存在着商业的理想，但一件事改变了我的看法：仅仅因为乡镇中学的教学质量差，他想将我们转学，便放弃在横港乡培育多年的生意链，到县城角落租了间狭小的店面从头开始。他始终在用做生意维持我们家人吃饭、穿衣和出去应对朋友的尊严。他的生意利润都是1%或3%，做得很苦。等到我们这些孩子在社会上各自有了归宿，他仍然在做生意。这时，他试图让在上海的长子和在北京的我能在高房价的现实面前获得起码的安定和尊严。他固执而认真，愿意将几十年的积蓄化成这泡沫中的小珠儿。而我在吸他的血。

我们都有一个共同的父亲，我们跑到大城市一没成为杜月笙二没成为宋祖德，都在吸他的血。说起来这是羞耻的事，但在父亲那里不容分说。

二〇〇九年，六十四岁的父亲中风。像往常一样，这个不幸的事是隔了一阵我才知道的，因为怕影响我那狗屁不是的工作。我赶回去时，他刚从昏迷中醒来不久，偏瘫。就是在那时，这个一世强悍走路永远像中年人呼呼有风的父亲，对我们露出歉疚的笑。因为我们要清理他的粪便。他成为医生懊恼的对象，因为总是迫不及待要站起来——他扰乱了正常的恢复程序。就像在我小时，他总是迫不及待让我将三百首唐诗背完。

二〇一〇年十月，因为堂兄猝死，我赶回老家，敲门没人应，便等。十来分钟后，父亲从二楼摸索下来，他拖着萎缩的右腿，捉着毫无知觉的右手，给我开了门。上楼后，在问过几句现状后，他便开始躺在床上，用右手握住一瓶矿泉水，然后用左手捉住右手腕，在胸前方画出一个圆圈。这是他锻炼的方式之一。每天他还会独自出门，锻炼行走能力。只有他一个人相信他还能健步如飞，而我们早已放弃。他正如海明威笔下的老人，只许战死，不可战败。

吃饭时，他要我弟弟弄一台废弃电脑来，他要重新学习打字（过去他用双手学会过一次）。我们说这是干什么。他便有些惭愧，说是想将自己写的诗打出来，寄给一家诗词杂志。我们提出要帮他解决这事，他便取出身上的一张纸，那上边的字颤颤抖抖，是用左手写的：

《病中》

余中风近两年，虽全力锻炼，收效甚微。近来又再跌跤……

细雨潺愁挂满天，秋风败叶总牵连。

黄昏饱蘸伤心泪，静夜偷灯洗不眠。

雨困郊原草木慌，东篱野菊独梳妆。
何当借得秋风劲，洗净烦愁一色黄。

两年未扫架生尘，抽本诗书慰泪痕。
谁料此间花似锦，却忘灰土染香魂。

我也是这时才知道我认识的他其实不是他，因此悲伤不已。在我将这首诗带至北京几天后，他打电话来，要求更正诗里的一个字，便是将“细雨潺愁”改为“细雨添愁”，他觉得这样更好。

在我们的生命中，从来只有他给我打电话，没有我给他打电话。即使是这首诗，我也没有好好给他找到一个发表渠道。我是个懦弱的人，心里只想着“怎样给他安装一双翅膀”这样不靠谱的事。

单纯 2011年1月1日

我是容易陷入自我世界并且沉迷的人。我就想，这些天自己坐在谷仓那么大的湿暖胚胎里，享受着自以为纯正的东西。这个胚胎一直在城市楼宇间畅通无阻地飞行。但在今天凌晨，这新年开始之时，它卡壳，飞不动了。我试图让它飞，但飞不动。我爬出来看。世俗的树杈顶着它，这树杈短小精悍，如此有力，几乎刺穿整个梦想的底部。

有一夜做梦，我被两个不认识的老人——未来可能的岳父母——提着手电审视，他们像扒光一个女子那样审判我。最后作为补偿，他们命令我吃一碗面。“吃！”我恐惧于被人审视，因此会梦到。

在饺子店用餐，看到服务员跳跃着端菜，嘴里跟着录音机哼，便能明白“凤凰传奇”的意义。多年以前，我住县城，乡下堂兄柳桥（有四十岁）来到，与我抵足而眠。我带着恶毒的好奇问他喜欢听什么歌，我以为他没有。但他兴致来了，说每当杨钰莹的歌声飘到时，他便会手足无措。“像全身在过电，就差出眼泪了。”他说。因此我羡慕他的幸福。他在劳动了一天后，赤脚走在田埂上，搓着泥浆，听到天空传来一首关于爱情的歌曲。他恐惧于接受那歌曲结束时的空无。

* 2010 *

您好 2010年12月25日

回家后，忠伟一直发呆。枕头上留有压痕。蜷曲的被窝让人想到腿像蛇一样夹住过它们。一只拖鞋在卫生间里，另一只在门下，她喜欢赤脚。喝过的半杯水还在。他的内裤和衬衫叠在床边，她曾穿着它们盘坐在椅子上抽烟。这间房子全部是她来到、她看见、她献身的痕迹，现在只剩忠伟一人。

忠伟想到一句古诗：过尽千帆皆不是。他站在窗前俯瞰楼下有限的街道，那些车辆忽然出现又慢慢消失，感触就是这样。他确定自己正倾尽所有、不可救药地爱她，因为近乎刮骨的思念。

这就是穿越历史、战争与科技的永恒之爱。

仅仅分别几小时，他便忍受不了孤身一人的空荡，拨打手机。这时她应该在吃饭，但他管不得了。他想喊着告诉对方，我爱你，想你想得好苦。

几乎在拨通的同时，她接听了。

“喂，您好。”

她这样尴尬地说。

“谁呀？”

在她旁边有一位男子问。

“您好，您托我办的事我会办好的，我现在和朋友吃饭，先挂了。”

忠伟如冰沃顶，半晌回不过神来。过了一会他试图想这只是误会，就像《茶花女》里的妓女玛格丽特·戈蒂埃，为了赚到与情郎足够生活的费用，冷落情郎阿尔芒，短暂应酬有钱的公爵。敏感的阿尔芒误会她，对她展开疯狂的报复，终致她郁郁而终。

难道她也是这样？

这怎么可能？

这分明是愚蠢的失误。她既不想不接电话以怠慢我，也不想因为接听时话语亲密（在这时我的嘴里除开“我爱你”还会有什么）而让那个陪她吃饭的人诧异。从他清晰的询问声（“谁呀”）可以判断，当时他坐在她身边很近的位置。

忠伟内心一阵绞痛。

她说得手忙脚乱，就像仓皇将头埋进草里的兔子，却是没有比这更伤人的了。忠伟冰彻至骨，感觉彼此相隔万里。不久以后她打电话来，歉疚地解释刚发生的一切，而忠伟像输光的赌徒眼睛通红地看着奖池，想着怎样往兜里回收一些筹码。能回收多少就回收多少。

因为愧疚产生的信任 2010年12月3日

一个人怀疑另一个人偷了东西，有一天发现盗窃者另有其人时，便会增加对这个人的信任。仿佛他是世间最干净的人。在恐怖片里有这样的桥段，即一个女子恐惧同伙，而在有一天意识到恶魔另有其人时，便会增加对这个同伙的信任。这个同伙是善人也好，是坏人也罢，都会得到一笔意外的信任。这是一个盲区。

情书 2010 年 12 月 3 日

很久以来第一次用纸笔写信。这几乎是诡异的历程。用电脑写文章，知道会有一批人看，会不自觉抵抗一些东西，或者像演员那样舞蹈起来，尽量呈现合适的自己。而在用纸笔写一封将要寄出的信时，心灵会变得专一。就像和对方坐在一间巨大的房子内，中间隔着一张三千里的桌子，冷风刮着铁皮墙，潮水涌到桌底，冲洗那些刚刚干燥的细沙。世界只剩我们俩啊。我专一而猖狂。

一九九七年至一九九九年，我在洪一派出所的单身宿舍写下无数情书。在那年轻的时光中，我总是逃开一切事务，虔诚地回到宿舍，写着致某某最终统一是致自己的书信。我无数次向不存在的她告解。

后来妈妈说，烧掉吧，要是让后来女子看见就不好了。

烧的时候感叹号四溅。我写的都是口号。一个纯粹的恋爱者永远表达不清楚自己，写的都只是口号。不像现在的自己，心如死水，有一双猫一样沉稳而刻薄的眼睛。后来没有一个女人战胜她，就是她自己也战胜不了她。后来我发明了另一种爱情：赎罪。

县城的活法 2010年12月3日

当我碰到和我说一种方言的人时，总会想到，在小城，人们像枝条被修剪、砍削，最终只剩权力和钱两种价值观。一个人如果在三十岁、四十岁、五十岁还坚持理想，就会变成一只可笑的像得了瘟症的鸡。成批的人在年少时有过这样那样的激情，最终幡然悔悟，亡羊补牢犹未晚也，投身于小城价值观的泥潭。八年前我辞去县城公职，赴外打工，一直清楚自己是小城里言说的傻子，只是今天才第一次听人亲口说起。所幸我也不想证明什么。

当年我依靠一种傻逼式的勇气以及狗屎运气离开县城。而那个和我在一个办公室挣扎，英语过六级，已考上研究生，同时在各类学报发表论文至少二十篇的同龄人周琪源，去年得鼻咽癌死在县城。他做好一切准备，最终让仁慈的单位抚恤了他的遗属。

我们这些跑出来的小警察、乡村教师、赤脚医生，都有一种卑微的狂妄。没有人比我们更爱出生于科西嘉岛的拿破仑·波拿巴，爱于连·索黑尔，爱那些拼了命奋斗的人。而最终习惯在小城（在那里，新华书店里没有几本外国名著）生活的人，有一些像“日记门”里的韩峰局长一样，日子过得滋润起来。有一天我看见一段某局领导和女下属的欢爱镜头，看到她在丑陋、肥胖的男上司面前纯粹的欢欣，感到事情得到完全解释。就是这样的。当我们以为妙龄女子根本不可能和可以做爸爸的官员在灵与肉上结合时，我们其实没想到权力（钱）这副润滑剂。

在朋友写的一本小说里，男主人公爱上“权二代”——不是迁就、忍受、投降、睁一只眼闭一只眼，而是完完全全、死心塌地的爱。我为他准确写出这种状态而激动。我在逃出县城前，也欢欢喜喜地爱上一个足可给我家带来无上荣光的女子。我总是忍不住要拉对方的手，好将关系锁定下来，她稍微给点暗示，我便振奋一夜。有次她组织聚会，来了很多青年，大家面面相看，很快清楚彼此都是候选人，于是抖起竞争的羽毛来。后来我觉得路遥的《平凡的世界》不够真诚，就是因为他写了矿工和领导女儿发生纯真的爱情（那种牛郎织女式的爱情）。我觉得这绝对不可能。这是作者在埋头意淫。是卑贱性。农家子弟是有爱情，但那爱情是奇异的，它不是说你脸上长了一双桃花般的眼睛，而是你脸上长了前途。

自由 2010年12月3日

我有太多弱点，有时为此愤恨过。有一天我变得宽容起来，心想没这么多弱点，自己根本到达不了真实。我要是勇敢、无私、开朗、幸福、帅气，就是一草包。而且有些东西过于修改，可能最终还完不成，就像修照片，修得虚伪了。我对别人的要求越来越少，开始意识到只要是男人就好色，因此很早就用善意的眼光看待那些跃跃欲试的长辈（要是以前，我会觉得是蠢蠢欲动）。有很多人送给我纪念物，几乎很少被供起来。这些包括拖鞋、土特产之类情深义重的东西，都被我用掉了。有些不用，就发霉了。我记得我在吃一位辍学同学送的花生时，另一位同学满含热泪地训斥："这可是情谊啊！"我的心里一直纪念一位试图取悦大家的学长。他因为在一个应该注意分寸的场合里说了一句话——"集体默哀三分钟"，就得到一个一辈子都不会忘掉的处分。我记得他说完时，操场上有一两秒钟显得特别寂静。忽然，几乎是同时，笑声从每个人的嘴里跑出来。甚至包括教官。然而严肃的处分还是在意料中来了。开不起玩笑的地方难免让人沮丧。

大鸟 2010年11月14日

失眠时总是在设想一只大鸟。它有着华贵、厚密的羽毛，神情沉默，时常毫无敌意地看着随便谁。

我是在路上捡到它的。当时它的右足很好，但是左足受伤，肿得厉害。它总是用右足支撑身体，试探性地让左足落地。这是痛苦的事，因为爪子一触地，它便像失去平衡的车辆要翻到沟里。它快捷地缩回左足。有时也会扇动羽毛顽强地让左足踏下去，有时则单腿跳上好几步。我不知它如何到达此地，将它带回农庄。

我有做不完的事。天黑了还得检查猪圈。有时我背着斧头上山，明显是要砍树，一棵没砍又下山了。因为想起另一件刻不容缓的事，要么是要收晒在场基的谷子，要么是给人算工钱。我将大鸟稍微包扎，丢进鸡圈。在那里，一只公鸡被委任为王，带领大鸡小鸡公鸡母鸡，定时吃米，啄虫子。

几天后，我发现鸡群将大鸟挤进角落。它好像没有脾气。它睡着时，一只只的鸡迈着碎步冲上它的背部，用脚爪不停刨它的羽毛，或者索性在那里拉翠绿的鸡屎。有时几只公鸡还会啄一下它。它呢，稍微抖动一下身躯，将脑袋缩进羽毛里。它的恢复力很强，很快便能跟着鸡群集体行动，但它和它们没有交流。在一切完成之后，它跟在它们后头，老老实实回到角落。

我没听它发出过声音。但有次看见它在几米之外像箭矢一样笔直地飞过去，将刚从树里冒出头的虫子啄住。显然不是池中之物，却似乎又认同目前的处境，不想在鸡圈建立统治权。

有一天，天很蓝，很高，就像海面倒放于上空，大家都觉得自己有点辽阔。大鸟从地上爬起，抖掉身上的秽物，缓缓走着，忽而就展开翅膀，跃上木制的围栏。这是它第一次如此嚣张地打开翅膀，完完全全地打开。地上尘土飞扬，迷了人的眼。那些没长成的鸡崽一只只栽倒在地。我愣然站在圈外，感觉一股闷热的风扑到脸上。大鸟沉思片刻，有力地扑打起巨翅来。这样几番，就往前方飞了。起初看起来要坠落，最终还是依靠翅膀带来的巨大浮力将自己带到了天上。它在翱翔时，发出尖厉的鸣叫。我们被它的巨大阴影经过。那褐色的阴影就像捉摸不定的神毯，在地面快速移动。

它消失于云霄。我试图寻找它可能遗落的一些羽毛或粪便，没找到。鸡圈里只有一堆腐草有凹下去的痕迹，证实它在这里栖息过。此后几天，鸡群像中了邪，不停扇动翅膀，试图重演神话。我路过时都会讥笑不已。我从没见过一群动物集体性地拥有这么大的激情，包括那只称王的公鸡。过了几天，它们哀伤地认清现实，食欲不振，像是被遗弃了。

我读过马尔克斯的小说《巨翅老人》，看过电影《肖申克的救赎》，因此会有这样的想象。我还记得一句悲戚的话：龙游浅水遭虾戏，虎落平阳被犬欺。这是关于英雄的故事……随后我重新看见那只鸟，它归来，自己走到鸡圈——大概是几个月后吧——走到过去一直待着的地方，窝在那里。在度过陌生的几天之后，它过上过去那样的生活：吃吃米呀，啄啄虫；啄啄虫啊，吃吃米。它服从公鸡大王领导，听从公鸡大王指挥，而且看起来再也不想离开了。

我懒得用无限的权力给它一个统治权（一个多少适合它、配得上它的席位）。我不那么做，是因为想保持一种忧伤。

带刀侏儒 2010年11月14日

在一个凌晨，我从噩梦中醒来，只记得结尾。一名侏儒举着刀追我，诚恳地喊："我不会杀你，不会杀你。"我跑得越来越艰难，因此总有一个自己劝自己："停下吧，他只不过找你有事。"他气喘吁吁追上后，凶相毕露，睁着眼球，将刀插向我。

这个梦应该很长很长，像《红楼梦》那样长。但我只记得结尾。我坐在现实的微光中，试图从梦的尽头返回进去，但是回不去。这样的遗憾就像是坐在岸边，看见沙滩上有艘木船，但是后边宽阔无边的海洋，以及天空，都被幕布一般的重雾笼罩了。

雨 2010年10月11日

今天大雨，这意味着所有可能的节日烟消云散。我想起很小时就坐在门槛内，看屋外水流成河，路上一个人也没有。好像人被老天爷赶到寂寥的墓里。这是不需忧伤但忧伤会慢慢生发的时刻，因此会想到姑娘。这是人类共有的时刻，奥巴马在白宫试着打伞出门，最后还是回了去，在那里逡巡不前。就待在这样的时刻，几十年待在这样的时刻。会突然想到自己和同桌不停按计算器，“+1，+1”，看谁在一分钟内按到更庞大的数字。最后对方意兴阑珊。那个下雨从来不打伞的爸爸，几十年后出现在路人嘴里。路人拉着我说：“我就知道会出事，他从不打伞，雨水就打在他头发里。”

时刻 2010年9月28日

秋天来了。谦虚地看，总共只有五六十个秋天。风钻进衣领或袖子，我们坐在冰凉的椅子上，看着什么。世界像是巨大的画布，有高而深远的蓝天，以及呈静物状的一堆建筑物。我们的身体像河流逐渐变瘦，土地悄无声息地枯竭，发皱。总会有傲慢的少年骑自行车像开着一辆大卡车那样横冲直撞。我们坐在木椅上，指节苍老，像是被路过的一件垃圾。当年我们骑车路过别人时也会把别人当成死人。这就是老掉的意义。每次黄昏都是死亡的排练。

我不再像以前那样觉得这是一次抽烟或者仅只是一次阅读。在这宁静的背后是潜藏的生活暗流。我坐在阳台上看宁静的城市，车辆像哑子一样奔跑，想到这根烟只是喘一口气。我可能跟一个人分了手，即将也要告别浑浑噩噩的工作。我已经不记得奶奶哪天死的，大约在春夏之交。因为买房回老家晚了点。现在这房子也要卖掉，我将会见到比买它时更多的程序。这是一个时刻，我踩灭这根烟，就钻到十一长假里写那一直没写完的小说。也许在头几天，除开发呆什么也干不了。然后我将去火车站迎接一条腿比另一条腿短但仍坚持直立行走的衰老父亲，在这即将卖掉的房子里生活一段时间。我想在今年搞定这一切，然后像一名真正的写作者那样桀骜不驯。我以后将叫一些我不喜欢的事情滚。

倔强 2010年9月14日

我在这时记起洪一乡。那时我二十一岁，提着手电筒跟派出所同事小周去村庄转悠，有时转一小时，有时转四五个小时。这取决于他。我脑子里永远有事。就好像腿脚属于小周，而灵魂属于自己。即使小周招呼我一起抓嫌疑人，我还是在想着别的事。瞧到任务中间有一点空隙，我就倚着，或者坐着，专心想我的姑娘。到二十六岁我租住在郑州城中村时，还在想着这件事。

洪一乡距县城六十七公里，路上没有一粒柏油。有一间邮电代办所，我常去看过期的《体坛周报》。有一家小卖部出售汽油，是只汽油桶，车辆来加油，店主便捉住塑料管吸上几口，将汽油吸出来，接到油箱内。我时常在黄昏穿着内裤，赤脚走到河边，靠在坝上让水流冲撞脑袋。我看到洗菜的妇女对我嘻嘻笑着，光阴愈来愈暗淡，像棺材板盖下来，黄昏因此变成黑夜。这里是世界的尽头。

我喜欢回到房间里。他们敲不开门，带着满嘴的遗憾去打牌或者和女老师聊天。我待在房间，打开录音机，永远放一位台湾女人的磁带，坐着写日记。每隔三句话就加一个感叹号。

我除开吃饭、办户口、洗澡、上厕所和外出巡逻，就待在这里，在粘着飞蛾的灯泡下，写充满感叹号的日记。我总是在想着这个女孩。

今天我将她从女孩想成女人。我把很多人都活老了。她也老了。她的孩子在慢慢长大。她到死都不会知道有人用八年时间来楚楚可怜地想她。想起来那时在山顶一个村庄的场基，一个健硕的汉子赤裸着上身操持一把尖利的柴枪，就要扎死我，我既不颤抖，也不难受。我总觉得这是坦然。死了就死了。其实是吓傻了，脑子一片空白。但我一直自我感觉是坦然。

那些日记下落不明，它应该空洞乏味。我记得我老是想哭，哭不出来，便想从生理上刺激。我会想演员是怎么说哭就哭的。当好不容易来了一两滴眼泪，这事就有了悲壮的含义了。想一想，在世界尽头，我一个人哭了。我为了这个女人谈了很多恋爱，既为证明自己能谈恋爱，也在不停拿人与她比较，她大获全胜。我现在也不后悔这大段流失的青春。这件事让我感到很多事不重要，钱多钱少不很重要，能否当官也不重要。没有什么是特别重要的。即使我一开始就和她关系很好，过上甜蜜幸福的生活，也不重要。我和一个影子谈了八年恋爱。

逆转 2010年8月20日

我看到邻桌有一位肥肿的中年男士，戴着眼镜，头半仰着，一只手的肘部支在餐桌上，手指夹一根烟，不时啄吸两口，将烟雾喷向空中。有一位我看不见正面的女子在对他说："你懂得我吗？"我能猜测到她柳眉倒竖，面目严肃，带有愤怒，也带有委屈。她似乎还认为自己拥有资格，但我知道在男人心目中她已不重要了。至少此时。这是一览无余的。后来当她转头，我果然看清她比他年轻，颇有点姿色，但随时会被别的女人比下去。她也肯定不是他的老婆。她错误地估计了形势。她是小说，一览无余的小说。她将因为他死猪不怕开水烫、有恃无恐的态度而愈加愤怒，进而流泪。我走时，她果然在擦眼泪。那男人仍旧一言不发，只是不再抽烟，而是不停地拿手捏鼻梁。眼镜放在桌子上。

过去他一直是跪着的。

玉皇大帝 2010年7月26日

有一日，天上打雷，十分可怕，好像天都翻过来一样，闪电导向山峰和桥梁。一名砌匠骑自行车往家里赶，掉到河里死掉了。后来人们看见桥上有碗口那么大的洞。美仁爷爷说天上发地震了，你看天上发地震，比地上都厉害。美仁爷爷当时也不曾想到天上有宫殿什么的，只是随口说："天上人怎么活啊。"他这么随便说，自己很得意。

雨停后，白雾从山村袅袅升起。他去看红薯有没有沤坏。在路上有一个浑身湿透、和他年岁差不多（五十多岁）的老头，头戴着一顶栽着不少珠子的皇冠，身穿黄龙袍、绿马裤，腿扎紫色的绑腿。不过衣服上有不少补丁，腰上系的也只是粗麻绳。老头低头喘着气，不敢相信眼前的事实。美仁爷爷放下锄头，问老乡是哪里来的戏班子，怎么弄成这样子啊。来者抬头，端详着美仁爷爷，又悲怆又矜持地说："我是玉皇大帝，天上发地震了，人都震死了，我落下来了。"说完双手掩目，哭泣起来。美仁爷爷心里一亮，觉得是那么一回事，就搀扶起他，带回家供养。古怪的大帝起先发了高烧，吃喝拉撒都在床上，还说了很多梦话。美仁爷爷和妹夫在一旁都把它记录下来。后来美仁爷爷觉得这样的天机不应该让妹夫也听到，找机会发了几通脾气，将妹夫赶回遥远的赵家铺，不许再来。大帝病愈后，也娇惯了，依旧在床上吃喝拉撒。美仁爷爷一口一个“微臣”，亲自照应护理。大帝便跟他讲天上的事，和人间其实差别不大，都是些丑屋，活得也可怜，没有地种，都是靠吃雾气。美仁爷爷说这样啊，我喜欢。大帝又说，你这样的身子骨上天吃不消的。美仁爷爷不怕。又养了十来天，大帝精神饱满，性欲来了，焦躁不安。美仁爷爷看出来，将老婆推进房里。老婆不肯，他说:“进去，进去，我叫你进去。”美仁爷爷拉上门，在外边反锁好。后来老婆哭，说是个什么老头儿，弄得不成体统，一生也没这样造孽过。美仁爷爷说，嗐，你还不晓得你几大的福气。

终有一日，大帝要返回天上。美仁爷爷跟着。大帝不允许，但是美仁爷爷一直跟着。还有二十几人都跟着，但被美仁爷爷用棍子轰回去了。美仁爷爷和大帝沿着山路朝天走，走了很久很久，始终没回来。后来美仁爷爷在外的儿子回来，召集亲友去山上寻，没寻到。觉得是被动物吃了。

葬礼 2010年7月19日

爷爷落葬时我没哭，今年奶奶葬于乡村时，也没怎么哭，好像在旁观一起不相干的事件。直到姑妈和她的七女一子抬着礼物从桥那边走来，我才泪花滚动。我的大姐二姐也难受得不行，哭得泪花四溅。这是因为血缘。我们悲伤地看着奶奶在世上留下的另一支血脉游移过来。我奶奶只有一子一女，将近九十岁才死，我姑妈现在年近七十，我爸爸六十五。我们哭得泪花四溅，因为姑妈得了癌症，爸爸中风。我爸爸身高体大，拖着一条萎缩的腿，蜷缩着一只不能伸展的手掌，抱着灵牌，不时作揖。我的姑妈一滴眼泪没掉，像革命烈士那样在冷风中让白发飘扬。

根据一种说法，奶奶一直健康，身体突然垮了是因为我爸爸中风，她觉得自己活得不好意思了，把儿子拖累了。想到这些事，我便觉得人生短暂，出过几次眼泪，明白了就结束了。葬礼结束后，我替父亲抱着灵牌沿原路返回，我前边只有两个人，一个敲钹，一个打锣。后边一个人也没有。我们带着奶奶的灵魂往回孤零零地走。钹敲两下，锣打一下，然后陷于一种寂静。乡村特别幽静，人生也这样。我没办法形容那声音，好像是“叮——叮——噔”。那锣打过后，声音像蛇溜进远处的山冈，寻不着了。

有请来的乐队参加葬礼。他们自编自唱，创作了很多顺口溜。当一伙亲戚拦停棺材时，他们这样对着棺里的人唱（汇报）:“他们呀，送来了香烟和水果，还有一箱非常可乐。”这些礼物都由抬棺材的八仙收取，因此他们高声起哄，以示回应。棺材在行进时，总是被各路亲戚拦停。就好像我奶奶还活着，还在用小脚走路一样。

无限的孤独　2010年7月13日

我是在开会时想到这个的。我站在岗哨，被风吹刮，被雨冲洗，再被太阳晒干。太阳升起时，植物和虫类苏醒过来，巢中之鸟飞出来。我曾以为我会和这些鸟一样，旅行，去很远的地方，但直到现在我还在原地站着。夕阳西下时，群鸟像老农，用着最后的力气（那明知等下即可休息，因而压制住疲乏的力气）飞往泥巢。光阴逐渐暗淡，就要从黄昏变为黑夜，而我仍像一尊雕塑那样笔直站着。

我想到一名少年过着这样的生活。他在法庭上对那些穿制服的人说："我不知道你们懂不懂'无限的孤独'这几个字的意思，虽然你们的年纪比我大。"这名少年渴望像拉斯科尔尼科夫那样，自从杀人之后就没办法再闲下来。只不过拉斯科尔尼科夫是天生的、自然的，而他是人为的、生硬的。他坚持不下去。最终他的落网形同自首。

死亡 2010年7月2日

奶奶今年死了。我觉得她是爱我的，我也爱她，她会保佑我。她葬在一处叫螺蛳旋的山冈，因为下雨，那里的泥土会滑落。有位堂叔说："上回有个老人死了，过了一个多月托梦给孙子，说孙儿唉孙儿唉，我的屋顶漏雨了。这（在）广东的孙子打电话回家。家里人去墓地看，因为下大雨，坟包果然被冲坏。棺材板露出来了。"我后来一直等奶奶托梦，始终没等来。倒是有次半梦半醒时好像看见她迈着小脚在灰暗的黎明走，我喊，她转过身来，冷漠地说："是你啊。"她像看着一条别人家的狗那样看我，说："我要去一个地方。"然后走了。奶奶在死之前的几年就失忆了。

有天在电话里听到爸爸说："我不知道能等到不？"当我想到父亲老掉，眼前便无白马。我在雨地站立过久，是时候回屋了。

在怕死严重的那几个月，我睡在床上，听着窗外孩童在放肆奔跑时发出的笑声，几乎要哭了。就好像我是在永远爬不出去的洞穴，听着外边银铃般温暖、热烈、自然的人类的笑语。就好像我蜷缩在下水道井盖之下，听任每一辆车哗哗奔去。我被隔离了，与你们相隔遥远。

我还记起癌症老人面对探视的我时所涌现的表情。他的眼睛像火柴一样擦亮，从我的叙述里贪婪猎取一切外界的信息。如果要让他说出真心的愿望，恐怕就是让探视的我们一直待在这儿吧。可是怎么可能呢。我们这些正常人就是待上五分钟都难受。我们找出合理的理由，跑掉了。

我也记得一位女性同事的眼神。她站在车库边，等待装载我们的车辆出来，然后招手、送别。她的眼神，让我心下一惊，那眼神里有羡慕、委屈、自哀，又有努力装出来的淡定。我一向麻木，此时问周围人，才知刚才还和我们欢快吃饭的她得了重病。

在时间的河流里，永远有一团光照着三个人，是爷爷、爸爸和我。等我生出儿子后，爷爷“扑通”一声掉进黑洞不复返。等我的儿子生出儿子，爸爸“扑通”一声掉进黑洞不复返。然后轮到我了。死亡坚决、生硬、粗暴，像是凶恶的判官，蹬掉你抱紧他裤腿的手。“滚开！”他面无表情地走掉。请我们每个人照死不误。

为什么上断头台的人会高喊口号、血脉偾张？因为他实在忍受不了当众死亡的羞耻。他每一声喊叫都是虚的。

死亡像流氓，搬着凳子，大摇大摆走进房间，开始认真、细致地吃苹果，像一只刨子那样沿着边缘一圈圈地吃着水果。有时候死亡是悬停在天空的巨掌（或者是一只鞋底），就悬挂在那里，等着去踩灭谁。每一张照片呈现的都是遗容。死亡是没有办法的事情，我们注定要互相辞别，像看着早间的路灯熄灭一样，看着认识的人一个个消隐。死亡像政委一样通知你去他办公室谈话，他不会忘记谁。

艰难入睡后，他又浑然不知地醒来。那时卧室的门开着，可以看见客厅的月光，以及餐桌、餐桌边上的一把长椅。一个人穿着白色袍子，双手抱膝，安静地坐在那儿。那是他自己，他自己坐在那里。他看见穿着白袍子的自己安静地坐在那里，好像在等待什么。第二天早上他死了。

我像农妇一般，利用一死的机会说出一句话。不是，应该是好几十句话。这些话起初慷慨激昂，后来拖泥带水，它无疑违背了“止于当止之处”的原则。到最后，我嘴角溢出了一些农药，我用舌尖将它舔了回去。

渺小　2010年4月12日

年轻的老虎在笼子里走来走去，眼神愤怒。年老的狮子和金刚一样静静待在墙角，眼神写满死亡的哲学。像猪一样的河马、犀牛、大象、熊猫永远在吃着东西，声势大得像台铡草机。而猴子们学会敬礼、飞吻和现场性交，像一名懂得斯特林堡理论的演员，哪个环节出现的惊呼声最多，就在哪个环节着重停留。孔雀在寂寞地开屏，屁股对着观众，永远拒绝转过身来。有一种鸟叫非洲秃鹳，它的头顶长着秃疮，疮上生着稀疏的卷毛。它的脊背生着翼展阔大的黑色羽毛，样子像极了村干部披着不合时宜的旧式西服。它庄重地举起一条瘦腿，久久不肯将它踏下去。有一种石头叫乌龟。

离开动物园后，我坐在出租车里，偶然侧望了一眼太空，忽然想到人类不过是万物毁灭之前所闪现的一道短暂而偶然的光。人类以自身做证宇宙的寂寞，就像弹到空中的烟花。

而时间呢？

是空间让我们相信自己活在时间温暖的羊水中。我们在过去、现在和未来之间随意徜徉，就像泡在巨大的海洋里。但是时时刻刻活着的我们其实只是单薄的一个现在。我们不能返回过去，也不能奔入未来，我们就像秒针那样按部就班、孤独地朝前走。每一个没有到来的下一刻都是散布着让我们透不过气来的虚无气息的黑暗。在我们终于经过它时，出现一道闪光（那就是现在），然后它便变成永恒的代表着消失的过去。

发表 2010年4月12日

我有过两次发表的欢喜。一次是小学给上海《小主人报》投了一篇几百字的文摘稿，叫“汉字知多少”；一次是在派出所给县报写了一篇破案通讯，应该有六七百字，标题是“山庙老尼遭奇辱，民警神勇破奇案”。发表后去乡政府、土管所等单位串门，把它们订的县报都收集过来，作为自恋的证据。后来无论发表什么，我都会告诉父亲，而自己总是陷入新一轮的空洞的贪欲中。当我把作品带回家，无论是领导讲话，还是小豆腐块，父亲都会戴上眼镜慢慢看。我就在旁边，看着他一行行地往下读。前几年听说有位可怜的记者好不容易写了篇稿子，单位发出来，他来得早，一个人就着窗前的阳光大声朗读，被人撞见了。大家都很笑话。

异人 2010年4月12日

最近梦到一位练习气功的朋友。我记得他一年四季眼神都是直勾勾的，放射着电筒一样的光芒。我在派出所宿舍睡觉时，门总是不关。有时晚饭后犯困，就睡过去了。这时他总是潜入到我的房间里，直勾勾地看着睡着的我，直到我恐怖地醒来，从床上跳下。我操起能操的东西，驱赶、殴打这个妄图跟我探讨哲学的怪人。他像猴子一样到处蹦跳，越来越大声地笑。并且装作挨了很重的揍那样大声叫着。我永远辩论不过他。

麦卡勒斯写了一名妄图代行父权的姐姐，她了解和掌握着弟弟的一切。有一天弟弟去树丛后小便费时良久，她侦查出这是手淫，因此教育。从此弟弟在小便时很不方便，总是背着双手。

懒人是一条喜剧的河流，哪里地势低，他就欢天喜地地扎进去，死也拉不回来。是懒人让我觉得活着有意思。当我看到懒人花拳绣腿地忙碌着，以示自己忙碌时，我觉得天下温暖。

子宫　2010年3月23日

爷爷是一匹惊恐的老马。很多年后当我在坝上草原租到这样一匹瘦马时，觉得爷爷就是这样：对远方失去激情，出行时极不情愿，需要抽打才会走上几步，它总是低头嗅来时的气味，一等返程，又控制不住地欣喜起来，几乎将骑手甩下鞍来。

今天当我们家人团聚时，还会嗟叹历史上的某个节骨眼。那是五十年代的某天，一位干部接到一张纸，计算良久，最终在嫉恨情绪的驱使下烧掉它。只因为爷爷和他同村，并且彼此间还有一点过节。这件事像野史记载的悬案，难以确证。最终爷爷从乡长位置下来，变成略带魔幻色彩的郎中。据说在下来前的谈话中，领导问："小艾，你怎么连个入党申请书都不会交？"爷爷答道："交了的。"爷爷说的时候像位羞愧的妇女，已经左右不了由公章承认的现实以及领导怒其不争的态度。

我们今日嗟叹是因为我们看见另外一条河流。倘若那位干部接到入党申请书，战胜小我，批准之，爷爷便能借着这凭证从乡长晋升为区长，进而县长、市长、省长，那我们现在就是高干子弟了，就用不着起早摸黑，将每个亲人变成骡子，驮只有1%利润的货物。我们有时还会嗟叹父亲当年的一次踯躅。生性果断的他带领全家从村迁移到乡，又迁移至县，筑了两套大房，却在勘察好地级市的门面后撤退，这样我们便丧失了举家成为城市人的机会。

今天我的流浪就根植于这朴素的虚荣。有一天我在县城感到胸闷，便离开组织部，到郑州当一名打工仔。此后游走至上海、广州、北京，好似距梦想中的纽约不远了。二〇〇六年，一家杂志唤我，我立刻答应了。就因为它是一家美国杂志的中文版。那美国杂志就在纽约，集团名叫时代华纳。我想我就是去看看也好啊。可惜现在也搞不清，是我炒了它还是它炒了我，就像一次不幸的吵架。

当我意识到现在的我已三十四时，那种漂泊的疲乏便不可遏制地泛出来。我已学会取笑自己的理想，所要的也越来越少——正是在这逐步丢失激情的过程中，我想到了爷爷。我觉得他从来没惋惜过，他就是一匹惊恐的老马，才不想嘚嘚地在官场驱驰。我记得曾问过他为什么不做下去，他说后来那些人都挨批斗了。这么说他就是他心目中的刘伯温，准确预测到一场宏大历史中芝麻小吏的遭遇。而我也觉得那入党申请书的故事只是骗局，他可能真的没提交它，这在日后他种种的作为中都得到呈现。

爷爷进入老年很早，在卫生系统做了一会，就让父亲顶职去医药公司，自己退回到下沉村，过欢喜的生活。我就出生在这座赣北的小村庄，是所有孩子中最受爷爷疼爱的一个，我做什么对他来说都是值得荣耀的事情。他试图将一生所迷信的东西灌输给我，包括呼延庆锤子的斤两、点痣用的药水、黄梅戏唱本、奇门遁甲术以及麻衣相法。有年暑假，他找到一本算命书，说是孤本，因为急着要还，偷偷拆开一半，他抄前一半，我抄后一半。结果我十个字只抄四个字，蒙混过去。等到后来他读到此处，不禁长叹一声。我知道他不会发怒，甚至连当着我的面怨恨也不会，他只说你这个伢儿，你这个伢儿啊。

他很好地开发了我的记忆力，让我记住一家九口人的生辰、属相和称呼。每当有人路过，他就拉住对方问我："说说，小莹是你什么？生于哪个时辰？属什么？"我对答如流。他眼巴巴地看着对方，等待那宏大的赞扬。爷爷是很好的故事人，总会有些乡党过来求他讲故事，他有天讲着金兀朮，讲差池了，我在旁补正，他当即瞠目结舌。接着便展现出世上最欢欣的笑脸，这笑脸接近疯狂，又那么无声，像山间的花一下全开了。从此，他讲故事之前都要说："你说，他这么小就知道我讲故事讲错了。"

有一天我在上学，忽然窗外闪出一颗光头，因为消失得太快，我不敢确信是不是爷爷。在回家后的餐桌上，果然听到他实在忍不住了要说:“我看来看去，整个小学就数柱嘚最白最好看。”爷爷已经死去多年，这件事仍被当成我家餐桌上的笑话讲述，意思是爷爷很可笑。另一件常讲的笑话是我第一次系皮带，不会解，拉了一裤裆屎。因为怕丑一直不敢告诉别人，直到被妈妈闻到。妈妈询问的时候，我竟然大哭。

爷爷身上散发的邪劲，他对风水、周易、麻衣相法、点痣、戏本、中医的坚持，都让我那无神论者的父亲不屑。也因此，他的教育权逐渐被剥夺，我开始在乡村练习书法、珠算、智力游戏。父亲还觉得不放心，将我和弟弟接到横港乡，和他一起生活，接受他的监督。我在横港药店，遭受了太多的殴打，我永远记得《唐诗三百首》的第一首诗，是为：

城阙辅三秦，风烟望五津。
与君离别意，同是宦游人。
海内存知己，天涯若比邻。
无为在歧路，儿女共沾巾。

但我也只记得这一首。父亲命令我每天背诵一首诗，计划是第一天背一首，第二天背两首，至三百天时背尽。我总是背不好这第一首，因此总是被当成不用功，责令跪在地上，直到背通顺为止。我现在不看中国古文，不喜唐诗，就像我的父亲不喜吃包菜一样。他在穷困时吃得太多了，以致后来餐桌上再出现这东西便会勃然大怒。

爷爷失去了我，但还有巨大的乡村。他上山采药，配制神秘的药物，给人看风水、算命，有时还搞来一种药水，把河里的鱼虾药个精光，让自己足足吃上半年。有一年他养鸭，鸭子被人下毒，死光了，他就把它们制成板鸭，在楼上挂满两排。父亲回来时总是和他大吵，这时他便展现出殊死搏斗的架势，说吃死了是我的事，不关你的事。

爷爷逐渐成为乡间的一个传说。时常会有些人提着红鸡蛋、腊肉过来探望，爷爷总是问："孩子还好吗？"

"好啊，好得很，到处蹦。"

爷爷便很愉快地收下物什。很多乡村孩子不知为什么喜欢假死，跟真死一样，唤也唤不回。这时总是心急火燎地来请爷爷，他过去一通乱掐，他们就猛然啼哭，活转过来。

无事可干的时候，爷爷总是嘴里叼着烟，蹲在路边等候远地来的妹夫和女婿。爷爷本来不抽烟，因为看病多了，人家敬烟，他觉得这是财物，不拿心疼。抽了又觉得害身体。因此便点着放在嘴里叼着，一生不吸一口。他也不知道弹烟灰，因此每条裤子都留下烟灰烧的洞，有的洞大得能显出里头的内裤，让奶奶耻笑。爷爷就这样叼着烟，蹲在路边等候，他已经托人带信给他们了。

我的姑爹和姑父赶来时，爷爷活跃起来，带他们看算命书、新设计的捕猎机关和山上一百年不开花的神秘植物。我的姑爹和姑父长得和我爷爷差不多，都有稍微前突的嘴巴，骨碌碌转的眼睛和差不多秃了的头顶，像是三个老掉的孩子。现在想起来他们聚会时是多么欢喜，他们是三个欢喜的人。

到了第一道分别的时候，爷爷说："再多歇几天罢。"他们就再歇几天。过几天爷爷又说："再歇几天罢。"他们便又歇几天，直到不得不分离，爷爷才像萧条的作家，独自举灯回到案前，好一通身体不舒坦。

总体来说，他和下沉村是和谐的。在家里，作为主人，他统管着尿桶、锄头、灶、柴枝、水缸及堆放在二楼的干燥的稻草等一切器物。走到门前，他就融化进万物。青翠的山、哗哗流动的河水、池塘里隐藏的泥鳅、路上来往的农夫、长痣的女人、相信命运的邻居和假死的孩子就像花儿一样簇拥着他。他像在母胎的羊水里活动，越活越年轻，脸色红润，健步如飞。直到我的父亲觉得他实在太老了，在举家迁移到县城时将他和奶奶捎过去。

这个过程就像将鱼儿捞出来丢到地上，爷爷眼神惊惧。在县城住的地方，陌生的火车每夜以其工业的姿态无情地路过，让缩在小房间里的爷爷无所适从。他不知道将算命书和戏本放在哪里为好，他看到房间由冷硬的墙壁组成——这些墙壁在我父亲及现代文明的注视下薄如一层纸。他觉得他什么用也没有。他还认得政府系统和卫生系统的老熟人，但在长年不同的经验的作用下，他们失去了相视一笑的默契，无论如何也谈不到一起来，因此最后交往简化为一两句问候：

“你身体还好吗？”

“还好，你呢？”

这个老头，每天吃饭每天又无所事事的老头，逐渐演变成一个可笑而固执的小动物，开始变得痴愣，在家长回来时凄惶不安，好像口袋里的东西随时会被缴走。他就这样极其漫长地活了很多年。

有天他找到小锄头，去县城边的山冈游玩，带回一捆毫无价值的野草；有天则上袁世凯的当，回来说用极其少的钱买到银元，吹起来还会响，招来我们集体性的教育；过了些时日，他不思悔改，又买回一些袁大头；他应该见过伪装成美元的秘鲁币，但没买，因为他不相信纸；他的妹夫和女婿有时会来县城，但他们在来之前已经被自己对县城的敬畏吓坏了，他们不敢将沾着泥巴的鞋踏进我家，匆匆吃过饭，就甩开爷爷留恋的手落荒而逃。

有一天，我病了，躺在沙发上。爷爷一动不动守护着，像一尊陈木雕像。我就在这平安中睡去，直到被惊醒。厨房里乒乒乓乓，发出因欣喜才有的响动。我起身去看，发现爷爷，这个粗通一些汉字的人正按照我的化学课本配制一份神秘的药水。几天后，这份由淀粉也可能是由米汤配成的药水，在算命瞎子聚集的东街出现。爷爷拿着毛笔蘸它，写好字，等待上钩的乡下人。他们相信了“无字天书”的说法，有的还掏出钱。但当爷爷兴冲冲回来后，被我的父亲极其不屑地斥责了。爷爷眼里的火光应该熄了，他一辈子都在和我父亲争执是中医有用还是西医有用，是有鬼神还是没鬼神，是有阴间还是没有阴间，他败了。我的父亲判决他说，你搞什么东西。

那时爷爷想着的便只有逃亡了。就像活在高墙下的鸡，老掉了，连翅膀也展不开，只能有一下没一下地啄着米，心里却想着飞到天空去，和那清风白云为伴。这是他的理想，也是他的悲凉，是他的热望，也是他的绝望。他最终不可逃脱地参加了中功培训班，顺利地滑向另一个世界。

今天我们都在用老年痴呆症来形容最后的爷爷，但是他得的其实是精神病。也许是在有一天，有一个问题他没想明白，卡着了，走火入魔，就去了另一个世界，从此与我们失去联系。

我记得那第一声宣布彼此隔离的号叫。那是一个人在极其惊惧的状态下才会喊出来的号叫。我们一家人像是魂魄被击中，惶恐地跑进房间，发现他眼睛直勾勾地指着一个地方，气急败坏地说："长江大桥，南京长江大桥，我命令你倒塌，赶快倒塌。"

我们召唤他，安抚他，捉住他，却是消除不掉他对国民党"反攻大陆"的恐惧。这恐惧像病菌，扩散开来，恐惧的对象也由远及近、从抽象变得具体。我记得最后送到他床边的饭菜都被怀疑下了毒。他对我的妈妈说："我还不知道，你想毒死我。"

妈妈转过脸来对我们笑一下，然后又看向他，说："我要是想毒死你，早不就毒死了？"

我们开始习惯有这样一个白天睡觉，晚上大叫的亲人。爷爷曾被送去精神病院，很快又接回来。那地方在外人看来，比地狱更像地狱，空气里透露着太多不安的分子。爷爷就这样不停地吼着，将自己吼衰竭了。有一天他清醒过来，说要回趟下沉村。

我不记得那时我在哪，总之接到电话，说爷爷一回到下沉村屋子就生出蛮力，将护送的家眷推开，快速闩上门，并在门后顶上两把锄头。现在想，这便是他的堡垒，他要在里边与那些要将他掠走的亲人作战。他对人们焦急的呼喊不闻不问。碰到那些同龄的老人过来规劝，便说："我还不知道，我一开门，他们就将我捉去了。”

到后来，大约是外边催得急了，他发起癫狂，又叫起来。我就是在这时接到电话。我大概是最后一个赌注了。大家都知我是他的掌上明珠，如果有条命比他自己重要的话，便是我了。

我汗如雨下地赶到这个我出生的地方。那里意外的寂静，阳光照在因为霉变而变得斑驳的木门上。我听了听里边，陷入空空荡荡的惶恐。我着急地喊："爷爷。"

里边空无一声。我又喊："爷爷，我是老柱。"

这时里边飘出愤怒的声音："你骗谁呢？"

"我真的是老柱。"

"你来干什么？"

"我来看你。"

"你来看我，好。"

"爷爷，你开门吧。"

"我不开，一开他们就把我捉去了。"

"没人。我一个人来的。"

"你真的一个人来的？"

"真的。"

"我不信。"

"我就是一个人来的，他们都走了。"

门畏畏缩缩地开了，爷爷果然只看到我一人，卸下警惕的眼神，要摸我。我一人把他捉出来，一直捉到车上，让汽车拉回县城。我觉得他应该痛骂几声叛徒，但他什么也没说，只像绝望的猎物那样哼叫了一路。

爷爷就这样时而疯癫时而清醒，又活了好些时日。生活就像蚌，把突兀吞噬，抹平了。我们觉得爷爷从一开始就是疯癫的，号叫的，好像几十年几百年都如此，好像我们也适应了他几十年几百年。爷爷像橱柜上一只不用的糖果盒，一直存在着。在这样的过程中，我大姐的儿子小学快毕业了，我二姐快生育了，我哥哥在矿产局上班了，我也警校毕业分配到遥远的乡下当片警了。爷爷带着某种奇迹活下去，看起来距死亡遥遥无期，直到有一天，他在清醒状态下去菜场转悠，极其悲惨地在罗湖桥边滑倒，掉进桥下那发臭的河水里。罗湖桥距离我家只有五十米，我妈妈不是爱热闹的人，我爸爸也不是，我弟弟也不是，我们一家都不是。我们只是觉得很多人围在桥头，一定有什么事情。

直到我那在矿产局上班的哥哥下班了。他看到很多人围在桥头看一个谁也不认识的满脸污泥的老头在低声呻吟，出于道义，脱下皮鞋和袜子，挽起裤管，优雅地穿越生长繁密的青蒿，走进泥潭，要将对方拉起来。这时爷爷看了一眼，说："国儿。"

我哥哥才知道，啊，这是爷爷。

爷爷摔断了一条腿，腿打了石膏，好还是不好都已阻挡不住死亡的来临。死亡就像收电费的，出现在家门口，通知我们一家人，是时候了。爷爷肌肉萎缩，器官衰竭，进食困难，起先能吃进去一些饭粒，接着只能舔食米汤，最后依靠吊盐水维系。兼之号叫成性，最后几口真气也就损耗得差不多了。

纵使如此，这个坚强的老男人还是拖延很久，医生三进三出，每次都像法官那样板上钉钉地宣布死期，每次又很愧疚地说："我还没见过这么能扛的人。"爷爷到最后已说不出话，只是嘴唇在微微抖动。有一天像是在说什么，我们都凑过去听，后来猜到是想吃蛋糕。便醒悟到爷爷一生小气，从没有给自己买过一块蛋糕。有人热泪盈眶地去买。买的是最松最软的，回来掰成细屑，好像喂鸽子一样喂给爷爷。爷爷一看来了，眼睛放出光，张开嘴等——可这玩意儿和此前的任何玩意儿一样，不一会儿，便被悲哀地、一股脑地呕出来。

爷爷疲惫地阖上眼睛，连眼泪都没流。然后又开始嗫嚅。人们听了很久，听不懂。好几天了，只要是亲戚过来探望，就会坐在一起，猜测他嘴里说的是什么。大家绞尽脑汁想——到底要说什么呢？还有什么没交代的？——一直想不出来。直到来了一个我的堂叔。他"三叔三叔"地唤，示意大家噤声，然后弯腰侧耳去听。我爷爷张开鱼吻一样的嘴唇，将微弱的气息送进他耳膜，好像是用指尖在那里轻轻写了几个字。

堂叔抬起头，若有所思，又凑下去听，好像知道了。他回头说："怕是想回去了。"于是他又大声说："三叔，你是不是想回去？"我那疲乏至极的爷爷便马上闭上眼睛，整张脸也松弛下来。他的呼吸也前所未有地通畅起来。我们这时才醒悟过来，爷爷这些年在县城孤独得不行，这一切都是孤独造成的。现在他要回家，回家了说不定能多活上几日。我们最后一次请来医生检查，医生以自己的职业生涯发誓，说爷爷坚持不到回下沅村的家。

家人和亲戚很快将竹床、孝布、参水等置备好，并且请来一辆小客车。我像傻子站着，思考着医生说的四个字：生命指标。我看到这指标像早晨的路灯，一盏盏熄灭，没有声音，没有动静，熄灭。

几天前，我在派出所接到电话，说爷爷不行了。我在所内一直骑一台笨拙的摩托，但那次，我一把推开剽悍的同事，抢过一台马力十足的嘉陵摩托，挂最大挡耀武扬威地冲向县城。现在想来，那时我是个疯子，我挂空挡冲下漫长山路时，很可能就会冲下悬崖；从交错而行的两辆客车间飙过去时，也可能会被夹成肉饼。我老远按着喇叭，傲慢地驰过平路，将横穿马路的鸭群惊得跌跌撞撞，有的还试图飞起来，那赶鸭的农民匆匆跳往一边。我好像手握尚方宝剑，心头大喊：我的爷爷快要死了，你们他妈的快给我闪开。

但一到他面前，我便手足无措。他看我，既像认识我，又像不认识，什么态也不表——他其实是在筹集最后一点力气，准备这次他很清楚的远征。如今看来，这是一趟奇迹之旅。他躺在竹床里。因为楼梯窄，不能将竹床抬下来，所以最后是用绳索吊着竹床，将竹床缓缓从二楼阳台降到小客车的车顶，再降到地面的。

那辆小客车使用的汽油可能有问题。车辆一会儿猛然前冲，一会儿死活卖不上力，需要人下来推。车子走走停停时，爷爷微微睁开眼睛，绝望地看着车顶，好生紧张。直到家人凑过去告诉他到了哪里，他才停止嘴唇的颤抖。过了一会儿，他又睁开眼，表现出很饿的样子。我妈妈便喂参水给他喝，多数从他嘴角流下，钻进脖颈。他没力气喝。妈妈说过了范镇，他便闭上眼。有时看起来闭得太久，大家面面相觑，以为就此去了，去摸鼻息，他又悄然睁开眼来。

就这样，小客车下了柏油路，在土路颠簸，又极其冒险地攀爬上山坡。在下了山坡后，下沉村的气息飘来，大家松下一口气。孰料司机不当心，未顾及隐秘的土沟，直接不减速开过去。

整个车猛烈跳了一下。爷爷的身体好像也跟着跳了一下。只见他嘴巴大张，眼睛直勾勾的，转不动，呼吸也错乱起来。众人手忙脚乱。倒是他那侄子又看出端倪，冷静地凑过去，说："三叔莫急，就差一步到下沉了。十二股已走了十一股，就差一股了。"

爷爷就这样坚持回到山清水秀的下沉村，回到他建造的屋子，他的房间，他的羊水。在这里，大家放下他，声势浩大地说"到了到了"。爷爷长时间睁开眼，看天花板，气息平稳很多，就好像获得了力气——我们甚至相信他会复苏，长出一层新皮，下床，提小锄头到后山挖草药。我们觉得他就是这样大踏步地回到人世间，但在一个叫南生的他的侄子走来后，情况变了。南生是我的堂伯，命运和他所有的兄弟不一样，在他们都从乡村迁移到城镇时，他逆潮从城镇回归乡村，躬耕于田野。南生伯伯看了眼爷爷，亲热地说："三叔，三叔，你回来了啊。"

爷爷好好看了他一眼，忽而明白此地果是下沉村，大家并没骗他，赶紧死了。这是我第一次近距离看见肉身死亡，就像一个人说话说累了，头一歪坠入梦乡。也就是这时，我遭遇到要命的尴尬，在一片啼哭中，我失去哭泣的冲动，但不哭的话怎么也说不过去。因此我将脑袋包在臂弯里，肩膀时而耸动，伪装得也很悲痛。我知道爷爷在天之灵定然会说，你这个伢儿，你这个伢儿啊。

在我还想着做诗人的时候，曾经写过一段关于我的爷爷的诗：

路越活越窄
房越活越矮
我的爷爷
字迹工整地
去了坟墓

这没什么意思，我的爷爷跟别人的爷爷一样。我并没有很好地理解爷爷。现在，当我孤独得想念一只梨子的时候，我想念爷爷；当我孤独得想念一盆炭火的时候，我想念爷爷。我想念他和他的祖辈所繁衍出来的层层温暖，他们自绝于火车轮船，宁可摘草而食，围炉夜谈。而在那个凄寒的县城，爷爷只能做一件事——他站在二楼阳台，伸着一把丑旧的雨伞，像老母牛那样温柔地喊："带伞啊，带伞，你们带伞啊。"我们这些人，在南方漫长的雨季里头也不回地离开。

有一天，我在梦里看见爷爷的落葬地开满桃花，弟弟和他的一对儿女嬉笑着穿行于密密匝匝像糖一样甜的阳光之中。在那个梦里，唢呐、鞭炮、阳光、菩萨、青山都很光明，都很好看，让我像想念恋爱一样想念着未来的死亡。我想葬于螺蛳旋。

超自然 2010年3月22日

商业时代的超自然现象之一，是一个人只有一颗面相丰富的头颅。招行对服务态度的要求比别的银行严苛，某日我在招行取款，验证了这点。我痴迷于窗口内温顺的唇齿和笑容，那是个并不大的脑袋。可怖的事情发生了，因为借用某个工具，她站起来，制服内却像是没有肉身，飘过去了（这时她的脑袋显得极大）。这只是偶然现象，但我把她当一个寓言来看。我觉得未来银行窗口也许只放一颗脑袋在那里办公，下边用不锈钢杆子撑着就可以。

另一种超自然现象：因为说得辛苦，说累了，所以服务员最后说“欢迎光临”时唇齿都不动了，声音好像从喉管或胸腔直接飘出。

制造反响的技术 2010年3月22日

一般，新闻记者会下意识突出受害者的身份。如果是女人，会被这样形容：妙龄、善良、美丽。没有人会从相反方向去写，比如年纪很大、刁钻、丑陋。有时是因为受害者方面提供的证据过于偏向这一点，有时是记者自己下意识。就像要将水砸出波浪，石头应该大一点。有时我看到《知音》这样报道一个女性时，对比照片，会觉得受骗，但是作为读者，我也不好计较这些细枝末节。

警察 2010年3月22日

我做警察时，有时脱下警服，能感受到一种自由。当我穿着警服走上街头时，哪怕是买菜，也能听见每个缝隙的呼唤。我像一个高级动物走过众人。在一次群体性事件中，我本来可以早些平安，但考虑到自己穿着警服，只敢快步走（而不是落荒而逃）。结果被他们逮回去，看管了好几小时。后来平安了，我就是看自己尿裤子没有，干燥得很，觉得自己还是保存了最后的面子。

有次在菜市场，见到有人卖青蛙，不知道为什么要管。摊主找到一人说是他卖给她的，因此我逮到那人，却是个流落在菜市场的傻子。这几乎是莫大的羞辱，因此我叫来同事要把这个摊主收拾了。摊主开始说这事情不归我们管，后来口口声声说我们是自己要去餐馆吃掉这些青蛙的，要监督我们这些嘴，最后不可避免地哭了。在做这件事时，我好像不受脑子控制。

返祖　2010年3月9日

有一个人上下半身比例失调，上身长如带鱼，下肢粗短。这样生活很多年，看起来没什么问题，但他还是抑郁了。某个夜晚，他逃离人类。人们再次见到他时，他沿着墙角在街道爬行，很脏。人们忽然明白上帝造他的理由。在抛下食物时，他像真的饥饿的动物，一踮粗壮的后肢，跃过去，扑倒它。有时碰见猫，他会拿腰去蹭对方，但是对狗，哪怕是女士牵着的像一小块云的狗，他也畏之如虎。因为爬行，那些过去只让脚承受的地面风，现在也让眼睛承受了，那些沙子不停刮进他的眼睛，使它红肿。

性爱 2010年3月9日

觉得自己生活得遥远了，包括和亲人、朋友、女友，有时当他们打电话来时，还得激灵一下，原来是他（她）。有一夜，不知怎么想起行房的细节，就是将手抠住床头，或者用脚顶死床头柜，这样能使男性的雄风得到额外增长，更有力点。但是在想这些时，觉得这是很遥远的。

性是神秘的，像祭祀，在举行之前应该有一套程序。但是妓女会直接将性器递送过来，像递送一盘瓜子，这让男人们大为受伤。

在我写过的一篇没有根的未遂小说里，一个韩国男人沿着格瓦拉的足迹去了丛林，他这样追忆在某岛的遭遇：

> 我如今被折磨得不行，甚至觉得死期将近。当你已经尝过这世上最甜的东西，知道自己不可能再尝到它，就会觉得剩余的生命显得多余。不对，这长长的剩余也许会因为回忆而变得丰富而夺目起来。也因为如此，疯子般的我必须在事情发生两天之后，抓紧时间进行记录。我要记录下一九九八年十二月十七日凌晨的所有细节。我很害怕海

也会蒸发。等到我怀念它的时候，我怕我抓不住任何印象。那样我活着还有什么盼头。她长着一头褐色的头发，大约垂挂到肩膀处。我曾经看到她高兴地将一侧头发拢起。这绝不是最令人心跳的。我曾经在大约有三分钟的时间里，一动不动看着她的鼻子，那鼻子的阴影像电线杆投向街道的阴影，盖在她紧闭的嘴唇上。这对嘴唇性感极了。我在她眼神里看见一种空旷和深远的东西。这张娇小的脸时常张开大笑。我在俯身的过程中，吻到她最后的青春。我能够预见到悲剧的降临，这个没有白天的女人，将在未来的不远时间内走向难以挽救的松弛和疲倦，成为堕落的象征，为人人所嫌弃。她将变得不再爱笑，变得沉默而能忍受。她会厌倦掉整个世界和人生。如今，我在这贪恋中变得忧伤。我用手拢着她的头发，拍打她的背部，试图缓解她已经生根的咳嗽声。她扒开自己的胸衣，将我的脸按在她洁白的胸脯上。我听到另一个人的心跳，好像一棵又一棵的树在黑夜里被伐倒。我看着这世界上最后一具完美的躯体。她抓伤我的背部。当她狠心一抓的时候，我知道已经有了永别的疼痛。我痛苦地看着我们相处的时光。这个他乡的女人，从一开始出现的时候，就已经离别了。我将如何继续下去自己的人生？时光会将我带向何处？我在这具堕落之花的放荡躯体里，看见了死亡。死亡将夺去这个人的一切，夺去她的笑容、乳房，以及手臂上的一层金色汗毛。离开现在后，我不会再得到她的任何讯息。我现在知道的她的名字是假的，她的年龄和祖国当然也是假的。

委屈 2010年2月5日

我们就像待在一间奔跑的房子里，“哐当哐当”的声音在脚底下不停冒出，不停远去，就像沟渠里不停冒出的浪花。

地铁。

地铁车厢。

很多时候，这种时间是不得不应付、不得不糟蹋的。我们坐在或站在地铁车厢里。我们的脸因为看不见亲人朋友和新鲜的世界，变得空洞而疲惫。只有角落里的一张是有表情的，它蓄势待发。我们看到在她直勾勾的眼神下，鼻翼、嘴唇和下颚先后颤抖起来。就像火山爆发前地表开始震颤。

她一直站在角落里。我们很清楚，她正在想不久前受到的一次委屈。现在她在设计报复的计划。往往还没想细致，她就陶醉于仇敌死无全尸的盛景。她想是这样的，我要杀了他，而且终于杀了他，我总会杀掉他的。

就像蚂蚁想当然地要杀死一只大象。

末日　2010年1月30日

世界只有东南西北四向，是平面的，如果在里边增加一个“中”，则可以立体。在想象中，“中”是螺旋上升的气体，或是实心向上的圆柱体，通往天堂。我待在它附近，看见群鼠涌来，它们挤来挤去，十分惊恐。在意识到不可能从“中”逃离后，互相残杀，不留一个活口。未几，群鱼艰难地蹦过来，肚腹沾满道路的灰尘。它们在找到“中”前，已经张大唇吻，衰竭而死。老虎、狮子、绵羊，也都在奔来的路上集体死亡。鸟儿像密集的黑云遮盖住天空，令人恐怖地飞来。在到达此地时，好像受磁场影响，像雨一样有规律地掉下，连绵不断。猴子曾给我极大信心，它们来到后，肆无忌惮地发脾气，然后吊儿郎当地走了。它们从东南西北来，又去了东南西北。我觉得它们会顺利生存下来。但当秋风吹来，一只长了秃疮的老猴捂着青肿的脸，一瘸一拐走回此地时，我意识到，它们也都死了。毁灭从东方开始，一直蔓延到北方。这最后一只猴子倒毙在路上。接下来就是我们人类了。我们这地球上的最后一种生灵，从各个地方、各个角落沉默地走来，又都沉默地走回去。他们的眼神像是集中营里的人才有的那样，既忧伤又茫然。

悲伤 2010年1月30日

当你掌握另外一个人的结局（或者说秘密），而这人并不清楚时，你是悲伤的。比如说老师知道学生没被录取，医生知道病人将要死亡，或者编辑知道已经不再年轻的作者不可能写出好文章，而对方仍然处在那种将要奔赴圣地的热情当中（不可自拔），他就会悲伤。人们不会通过一个可怜的人来制造自己的优越感，那样形同践踏。

冻禽 2010年1月7日

有一年在山西看CUBA。看见等待演出的篮球宝贝缩着身体，挤在一间灰暗的库房门口，裸露的双臂提着花球。皮肤上都起了鸡皮疙瘩。旁边有一张沾着煤渣的油光闪亮的公共座椅。有一年冬天在北京万达广场，看见时装模特也是缩成一团，皮肤冻出鸡皮疙瘩，挤在临时搭建的棚子的门口。她们穿着很少的衣服，在演出之前披着军大衣。之所以穿很少的衣服，是因为要更好地展示珠宝饰物。很多观众围在搭好的露天T台前，等她们以猫步一个接一个走上来。

当灯光打亮，音乐响起，她们自信、坦然、装模作样地进入美人的角色。而我诧异于此前的发现。在过去，我觉得篮球宝贝、时装模特本身是美的，二十四小时都美，或者说性感。但现在我觉得美和她们是分离的。我没想到美也会是很无聊的工作。

有一年在庙会看到有女子演京剧，天气太冷，以至于她不停地吸鼻涕。唱一次吸一次。散场后，她碎步跑进后边搭的临时棚子，找棉衣和火。在那里，我这个偷窥者看到她用松黄的牙齿吃着一根烟。我觉得这是协调的。街头戏剧本身就有萧条的气场。

聋子 2010年1月7日

崔健演唱会，全场起立，与之唱和，只有我尴尬地坐着，独自担心自己不祥的身体。那种感觉就像森林里所有的树木都健在，只有我被砍成树桩子，鸟啊风啊热闹啊在树梢间盘旋，只有我是个树桩子。

我在人类的阴影下十分焦灼，像早早吃好饭又不便退席的人，一直带着礼节性的焦灼坐着。崔健谢幕三次才谢干净。直到这时我才明白，我对崔健的钦佩其实是人云亦云的钦佩，对他的好感也是人云亦云的好感。我和他没有更深的缘分，我妄图搭在他这艘大船上寻找稍有品位的往日，失败了。

我错乱的青春其实被孟庭苇、邰正宵、赵传、张学友、巫启贤统治。连张国荣都没有。这时，周围的观众像麦田一样舞蹈，像复读机一样跟唱。这就是人类所展示出的少有的快感之一，和极品仙女同房，听崔健近距离唱歌，快感来了，有一种类似触电的感觉。我失去这种感觉，好像失去做人的味蕾。

落魄　2010年1月7日

我上班的网易公司是一个魔幻的地方，到楼梯间抽烟，时常能见到明星被簇拥而来。我见过张艺谋、Super Junior，有一天据说来了石康，群里讨论很久。昨天来的一位明星，轻车简从，身前只有一个本单位带路的，身后再无其他。这位白发的中年男星步态稳健，眼睛却望来望去。我瞅了他那饱满的褐色脸庞一眼，他也瞅了我一眼，好像有一种等待——等我认出他，然后好向我微笑或者招手。

我是这么自作多情地理解的。

我什么都没表示，点着我的烟走到楼梯间。

我有过两次这种经历，一次是中年女星C，偶然撞见时，她也是这种眼神；一次是某瘦弱的主持人J，他的笑容好像都准备好了。他们都很礼貌，也很落寞。

我曾经在一位退休干部身上看到这种眼神。那时我做警察，身体比较轻快，着一身笔挺的制服，大年初一要去领导家拜年，结果数错一层，误敲了另外一家的门。开门的是他，我认出来了，假托是专程来拜年。他的眼睛是水汪汪的。他捉住我的手，拉我坐下，问这问那，就要讲那过去。我像身负重要的约会却被绑架了那样，焦灼不安，几乎要粗暴地走掉。后来我想，走掉也就走掉了，反正他也不认识我。

我走掉时，他送到门口。他准备了中华烟、比较贵的糖果和干果。客厅放着热闹的电视，茶几及地面经过打扫，一尘不染。但是熙熙攘攘的人从他楼下经过，就是不来打搅他。

* 2009 *

二十四小时睡觉的人 2009 年 12 月 31 日

去年十月，病人突然头脑清醒（他已经昏睡了三十年），睁开眼睛，认出了他的亲人，要求请一位摄影师来。在马尔克斯的《十七个中毒的英国人》中，有这样的桥段。而我想到，我也有一个朋友，在今年某天突然昏睡后再没醒来。

去探望过的人说，她的脚趾张开，一条腿不停抽搐，眼睛在流泪。这件事起于麻醉失当，发生得十分简单，但它所展现的世相过于复杂，以致让人惊悚。就像人在太阳底下走着，忽然滑入黑暗的窨井，再未归来。

关于这件事，有三个细节：

一、我们这些熟人因为单位变故，各奔东西，再聚时，头一句便是“某某现在怎样了”。当时说得自然而然，旋而凄惶。在某篇小说里，村庄的人来到县城，县里人总是问：“老爹死了吗？”“老爹”是一个话题的纽带。这就是凄惶。我们在问“怎样了”，不会问“站起来了吗”“醒了吗”，代表了心里的一种安排。

二、据说每天要打针，一针几千元。

三、我喜欢看美女，后来我在街头看到过于美丽、就像水晶那样精致的女人时，总是觉得残忍。美是一件残忍的东西。

昏睡是一种悲痛的魔幻，无论醒来与否。我在往昔曾想过一种醒来：若干年后，一个植物人极度疲乏地睁开眼，说别的都不记得了，就觉得自己在乳灰色的浓雾里穿梭。面前是成千上万口管道，他钻进一口又一口管道，想找到这些兄弟姐妹。结果当然是徒劳。直到现在——“我终于找到你们了，我渴死了。”

我觉得他醒来了也会一直瘫在床上，因为很难缓过疲乏的劲来。

代沟 2009 年 12 月 31 日

下班时，被同事带去小巷吃饭。很难吃的肉丝炒饭，我吃了几口发呆，抬头，看到斜对面坐着一个和我面孔类似的人，端着报纸看。这是他今年第二次看到我坐在不远处。

我和同事讲了一条看到的视频：公交车上来一个个神情严肃的乘客，刷卡。一位着低胸装的青年女子也上来，手机就悬挂在双乳间。她将胸部凑到读卡器，“叮”的一声，读取成功。她走进去。又上来一位中年妇女，穿得严实，也将胸部凑到读卡器前。没读上，又读一次。司机说，不能刷卡就投币。她骂骂咧咧，大意说凭什么人家能她不能。司机说前边的乘客用的是联通手机，可以刷的。妇女说联通了不起啊，我的还是苹果的。

此事发生于往往被误解的城市上海。

遗体 2009年12月20日

吕迪盖最后的视线落在天花板
可是故事才刚开始
妻子阖上他的眼皮
她无疑是爱他的

其他家人以及朋友也都爱他
在抹掉眼泪后，他们
就用一双双粗糙的手
抬着他的尸体，去为尊严和公平战斗

尸体在医院、局委、政府门前周游
一度因为腐烂而变得明亮
属于他的赔偿金迟迟没有发放
倒是来了一群衣领高耸的卫兵

他们用刺刀分拨开活人和死人
像是将绑匪和肉票分拨开

或者将恐怖分子和炸药分拨开
他们哭泣着，被迫两手空空地回到乡下

只有这样一具尸体还躺在城镇操场
被定时喷洒上消毒液
狂吠的犬类总是试图挣脱铁链冲过来
天空积满乌鸦，对着他嚎叫

"超越爱情的感情" 2009年12月20日

虽然是背对着她的
虽然一点光线也没有
唐君还是明白，她是在看着他的
她看着的时候心地温柔

就像他是刚学习说话的孩子
"m-a-m-a"还没学习干净
就像他被无害但不知分寸的熟人传来传去
她这个母亲的目光总是盯着

又或者他是从战场归来的英雄
勋章在热闹的人群当中叮当作响
他得和这个搂搂肩膀和那个打个招呼
他没工夫，或者是刻意没工夫理睬她

可她总是要盯着他的
他身上散发出让她新奇的东西

这东西她相信只有她的哥哥才有
她的哥哥拉着她在童年的草地上奔跑

她将在灯光调成昏黄后
端着一盆温水走来，弯身给他脱鞋
老板无疑是他的朋友
他们像是有着世交并不淫邪地告别

她就像洗一只红薯洗他的脚踝
听着面色红润的他发出细微的鼾声
然后用嘴唇含住他的脚趾
吞食他多余的趾甲

在未来的一次狩猎游戏中
摘下眼罩的她被要求指认出好人
她听信他的谎言将桂冠赐予他
他却将它丢在地上，哈哈大笑地抽出底牌

统治 2009年12月20日

君主儒勒对他的儿子说
维护统治只有一个法则：
将那些未来的反叛者杀死在摇篮
为此我准备了一半的财政和军队

一个温暖和煦的上午
太子在巫师、医生、屠户和士兵的簇拥下
来到乡下，他们检测儿童的牙齿、骨骼、瞳孔
问上几个羞辱性的问题

有很多儿童就这样被弄死了
他们的父母不会反抗
他们本身就是从屠刀下存活下来的人
他们知道恭顺是活着的唯一证件

暴力一直被迷信
甚至被当成是人类的最后一个真理
但是总会有斯巴达克斯那样的漏网之鱼
存活在暗自咬牙切齿的子民的春梦里

少女 2009年12月19日

大约在去年，我在桥下等人，走来走去，无所事事。我所见的都是往日所见：一样的车流、一样的从桥梁上滴下的水、一样的脸上长着螨虫的路人。然后在我将期盼的目光投向一辆停下的小车时，看见下来的只是一位陌生的少女。她穿着网球裙、白色的运动鞋，有着修长的双腿、微微翘起的胸脯、细长的脖子以及白皙的脸。如今用语言来形容真是无法抵达。只是觉得都能透过那娇嫩的皮肤看见隐隐布置的静脉。她的目光像刚醒来一样明亮。额头微微冒汗。这样一位少女，不是像那些成熟的女子一样蓄意走着猫步，也不像那些远未成熟的女子一样可笑地蹦跳着。她无声无息，超现实地走过人行道，消失于街道的拐角处。

自始至终，她都不曾看到我。

生活中所有的美人都有这样那样的缺憾，其美色不至于超出一个人的经验。当这位打破认识的女子匆匆消失后，我感到自惭形秽。一个人连一颗坏牙、一根白发和一颗粉刺都没有，她就这样和我共同存在于一个世界。

偏执　2009 年 12 月 14 日

一九九五年二月十日，农历正月十一，星期五。当我走在通往县文化宫舞厅的路上——什么启示也没有，只有到将近十五年后才会清楚——那里有一个布置好的阴谋。我浑然不知地踏进去，就像踏进时间的下水道，经久不归。

我穿着崭新的橄榄绿色警服，正在读公安专科学校。那可能是我最阳光的一段时间。头一年高考，班里只有四人上了分数线，而且看起来只有我的学校具有确定性，只需磨完三年，我便会在小城上流社会一劳永逸地混下去。我走进舞厅，那里三三两两坐着正在复读的同学。这是场来得太早的同学聚会。我坐在靠门的沙发上，礼貌地打招呼，等待合适的时机离去。我确曾站起来，这时阴谋启动：服务员好不容易调试好音响，放进去磁带，正在转动的转灯恰好坏掉，一束暗蓝色的光被迫一动不动照向我的正前方，照在一张苍白的脸庞上。

在《伤心咖啡馆之歌》里，麦卡勒斯写道："用柠檬汁在白纸上写字是看不出来的。可是如果把纸拿到火上去烤一烤，棕色的字就会显出来，意思也就一清二楚了。"这束暗蓝色的光就是这样，使她内心的忧伤显现出来。此前我看人的脸，都是五官，鼻子是鼻子，额头是额头，除了说明它们是自己，其他什么也说明不了。但这时，我看见在她的眉目间团聚着一股驱之不散的哀怨气息。多年后，当我陡然在夜光中看见巨大的《蒙娜丽莎》复制画时，内心同样起了惊悚——那同样是一种不可理喻的邪恶展示。

我在初中和她同学一年，高中同学两年，应该有不少次擦肩而过，说过“你好”和“再见”，交往也就这样。我们连彼此的家世都不清楚，像两条互不相干的河流。在这样的时刻，我却像走上平常的山头，望见一望无际的冰川，被秘密完全震慑住。

每个人都可能有一个诡异的时刻，也许只有一秒，但一生就此安排妥当。我想，我爱她；想拉起她的手，保护她；想和她一起活，消失于这人世。这些是上帝设计好的。这个时刻过去八年，我才承认我是在自作多情。

在一部叫《海市蜃楼》的电影里，男青年看见蜃气上浮现出一张女人艳丽的面庞，跋山涉水去找她，但她有着蛇蝎心肠。这个故事让我想起一种说法，就是人之初，有双头、四手、四足，上帝嫌其累赘，将他一分为二，从此那被分开的叫男人的一半就去苦苦寻找叫女人的另一半。这是爱情和婚配的来历。每个人在初恋时，都有着原教旨主义者那样的固执、蛮横。他们不甘心失败。现在我不知道，是爱在驱使我爱她，还是拒绝在驱使我爱她。我变得愈挫愈勇。起初她只是婉拒，后来则予以坚定的拒绝。如果程序倒过来可能好一点。她第一句就说“请你离开”，可能后边的历史便不会演进下去。但她开始说得很礼貌，让我以为她只是有着某种不便。我觉得她是羞涩、不想让人看见、不想让人知道、还没考虑好，或者是想考验我。

我向一个在街上混过的哥们——他们在泡妞方面有着极大的能耐——倾诉，他拍着我的肩膀说："你要是一追就追上了，人家岂不是鸡了？”我再没听到比这更体贴的话了。他给了我一条计策，里边只有七个字：胆大心细脸皮厚。

我喜欢上这个女人的同时，朋友H喜欢上她的密友。我和H互相打气，一同行动，当时他的结局比我还惨，据说被结结实实泼了一盆洗脸水。十来年后，当我回到家乡，H都会请饭，作陪的是他夫人，就是当初对他严词拒绝的姑娘。在饭桌上，他们会零零星星说一点F——我暗恋的这位姑娘——的信息。有一年说在外做销售，有一年说回县城待了几天，最近一次说她丈夫是一位穿制服的人，并且已经生育。

在一九九五年那段颓丧的日子里，我有一位学友也经历了失恋。他总是在将行前烦躁不安。我和他饮酒，然后像两个外强中干的混混朝一所中专进发。敲门后，从女生宿舍里传来一声“谁呀”的询问。他说："我。”他的声音比蚊子还细。听得出宿舍内有些乒乒乓乓的声响。于是我替他朗声说："请开门。"里边却再没有声音。我推不动门，唆使他用肩膀顶。他只那么轻微一顶，里边的插销便脱落了，挡在门后的脸盆架子跟着倒了，一堆器物在室内跳起来。叮叮当当，十分壮观。多年后，当我去赣南找这位朋友玩，他已是派出所所长。他安排我到宾馆住好之后，就陪老婆去了。

有时我想，如果当初自己和F修成正果，现在也待在县城家里，坐拥DVD、空调、真皮沙发和孩子的玩具，晚上到朋友家打打麻将，打累了，让她"锄草"（替打）。我曾读过托马斯·曼的《托尼奥·克勒格尔》，作家克勒格尔在回乡时看见童年最好的玩伴与自己的初恋女人生活在一起，因感伤而难以止住泪水。克勒格尔对氤氲在这种平常日子之上的幸福充满羡慕和嫉妒。

我不热衷政治，有时看起来有于连式的理想，发起狠时还以为自己真能去纽约混，但是这些大话并不靠谱。而且一开始也没想过会写作。我的宇宙就那么大，就只想得到这个女人，和这个女人生活。从我嘴里发的誓太多，兑现太少。但是有一条在一九九五年到二〇〇三年这八年始终强悍存在：只要她发出一声召唤，我便可随她去任何地方，去山冈、远地，可以抛弃父母、财产和生命。

只要她轻轻勾动一下手指。

但她压根不搭理我。唯一的恩赐是她主动打了一次电话，问我有没有车去省会。那是一九九六年，从县城去省会的小客车充满污垢，车顶行李架绑着十几件行李，车里像塞满鱼一样塞满人，稍微体面的人都难忍受。我是批发商贩的儿子，没有能力搞到像样的车，因此恳请同去警校的公安局子弟。公安局恰好要开一辆稍显阔大的轿车去省会，便顺上了。她的父母随行。她父亲脸色略显浮肿，似乎身体不好；母亲微微发胖，穿着过时的踩脚裤。我不能想象她是由眼前的这两位中年人生育出来的。

她的父亲说："在国外，民办大学比公立大学的教育质量要好。"她的母亲有些赞赏地看着我。这简单的一瞧对我真是一个鼓励啊。我想他们会对女儿说，这样的人你怎么不去考虑呢？我和她则一句话也没说，在此前的经历中，我已被她彻底镇压。

此前我在警校已和她通信，大约写三封会回来一封，只有三四行字。我捺着她的字一个个地看，觉得充满玄机。现在却觉得是自己不敢认输。现在回想她写的这些话，让我颇为难受。我很难承认她只是随便抄了几句歌词来对付。有一句是：外边的世界很精彩也很无奈，你不能因为无奈就不出门吧。有一句是：平平淡淡才是真！有一句是：你既然从未得到，又怎能说自己失去呢？有一句是：If you can do, show me your all。我徒然学了几年英语，对这由简单单词组成的句子却不明白。于是碰见一个英语好的就去问。问到今天还是无解。有时我将它翻译为希望，有时翻译为绝望。在最恼怒的时刻，我觉得它的意思是“有屁快放”。

有一回我从警校回县城，眼见要将病假消磨光，于是打足勇气——我对自己说，你跑了一百多公里到底是为着什么——走向她家。那是位于县城中心十字路口东南侧的一栋院子。她家就在院内的绿色小楼里，是她父亲单位的宿舍。后来我每次在异地见到这种刷着松石绿色油漆的房子就会心潮澎湃，原因就是想到最初的钟爱者每天在这样的房子里生活，从早晨到黄昏。我走在街上，脸色红透了，每个熟人似乎都知道我要去找她——啊，哈哈，这家伙要去找F家的女儿了。我在十字路口绕了几圈，挑没人时溜进院子。阳光照在通往她家的楼梯上，我在走上去时，腿脚打软。不知为什么我想到物理，行使在我身上的，既有强大的牵引力，也有并不示弱的阻力。有好几次，我都想丧气地转身回家。

听到我的敲门声后，她拉开门，然后走回到椅子边，坐下。在这过程中，她的视线始终没有离开电视机。它正在播放潘虹主演的电影《股疯》。我站了好一会儿才敢授权自己坐在她对面。她一言不发地看着电视。我像犯了极大错误的犯人，垂首坐着，等待具体的审判。我在牢房里旷日持久地等待，现在到时候了。总会有一句公文式清楚明白的话从她嘴里说出来，是让我离开，还是留下。总会有这样一个结论。要到电影放完，她才转过脸来，严苛地看我。我从没见过这样凌厉的眼神，它像利剑扎过来，刺穿我的心。因为恐惧，我的嘴唇和双臂控制不住发出痉挛。当我终于稳住自己、不要那么晃时，我有如大病初愈，全身乏力。从我嘴里仓促说出一句奇怪的话："你就像个希特勒。"也许它代表着一种抗议和愤怒吧。她对之漠然。

在公安局的车将她送到省会东边靠近莲塘镇的一所大学后一周，我重整旗鼓去找她。我想她念及这次的帮忙，会多少给我一点好脸色。但镇压却比上一次来得更厉害，她正在用手帕包扎（也有可能是擦拭）因为初次穿高跟鞋而受伤的脚腕，一看到我，脸色突变，说，请你离开。

我现在怨恨她没有老早这样判决自己。但其实是我应该更早地明白。如果不是时间为爱情的贱民制造出某种巧合，我可能永远也不会明白。在若干年后的一夜，当我坐在岳阳一堆新朋友当中高谈阔论时，咖啡厅走进一位深受折磨、形容不整的女人，她过来，瑟瑟发抖，等待着处置和安排。我说："对不起，我不喜欢你。一点也不。"

后来，我走上街，很难忍住悲伤。我明白了，我喜欢你，而你不喜欢我，就是这么简单。我为世界有这么简单这么正常的道理而悲伤，我一直没想到它是这个世界永恒的荒谬。

我记得有一位女人，在打开迎接我的房门后，都会拿出一罐健力宝。我喝健力宝是因为距离最近的商店只出售这种饮料，她却据此以为我喜欢。这件事卑鄙无耻的是，我用逃跑的方式离开了她。也许世界就像茨威格写的《一个陌生女人的来信》，这边仅只是一滴水，这滴水甚至蒸发了，在那边仍然是一个庞大世界。

“请你离开。”我失魂落魄地走出来，鬼使神差地朝与来路相异的方向走。道路越来越荒凉，一座村舍突然坍塌，灰尘瞬间飞向半空。后来有一天，当我茫然地走过县城中心的十字路口，陡然发现那栋绿色小楼失踪了。我走进院子里，看见的只是残垣断壁。一名仅仅穿着内裤的民工，正高举铁锤，一次次地打向墙壁。他的工友，比他年纪大一点的，正躺在午后的工地上睡觉。他裸露的胸膛因为呼吸一起一伏。我从他的鼾声里闻到了白酒的气味。

于是我越来越爱毁灭、玩世的调调。孤独时（直到今天我的父母也不知我曾喜欢一个女人长达八年，几乎把青春喜欢完了），我自己来编排她。我看村上春树提到品川猴，就想象她是母猿，为着抓住一只逃窜的无腿虫，在废墟里蹦来蹦去。月光照在县城时，她坐在人工湖岸边啼鸣。就是这样的长着比松针还硬的毛发的她，用昏暗的黄色巨瞳盯着我，说："我不喜欢你，你再说也没用了，我就是不喜欢你。"

有一年我自外地回到县城，偶尔去一家储蓄所取钱。填完纸单后抬头，心脏猝然被重击了一下。我看见储蓄员长着和她一模一样的眉目。我很难相信这同样暴露出哀伤气息的眉目会长在另一人脸上。因此我去看墙上的公告牌，发现这名储蓄员和我暗恋的姑娘拥有同样的姓。我因此猜测她们是姐妹。后来事情得到证实。一切都是遗传啊。所谓神性、气质，那唯一的东西，全他妈的是遗传。我被这种生理现实玩弄了，于是在意念中开始撕扯和诋毁她。我将她想象为出卖肉体的女人，唇上涂着鲜艳的口红，在岁月的摧残下，腰部变得比肩膀还宽，眼角长满鱼尾纹，在凄凉和寒冷中走向死亡。有一次我在意念中这样诋毁她很久，忽然问自己，倘若她这样了，她召唤你，你还会不会去？答案是肯定的。这甚至是一种期盼。

在这八年中，有四年我在和别人谈恋爱。这七八段经历，有的进行几个月，有的半年；有的是我甩掉对方，有的是对方甩我。在其中一位弃我而去时，我曾以为自己的内心被对方挖空了，却是很快明白，自己念念不忘的只是她在床上像蛇一样游动的身体。我的可耻或者说卑污在于，有时追人时，心中并无强烈的爱恋。可能我只想通过别的女人来证明自己还能恋爱。你不喜欢我，自有人喜欢，我试图以此来修复溃败的尊严。也有可能，是为了许可自己放荡。

这些真实的女人无一例外不敌想象中的她。也许她的真身来到，也会溃败。无数个疯魔的夜晚创造出完美无缺的作品，这个作品控制我，使我以为自己是一枚射出去的箭，永无坠期。当别人都拥有结果和着落时，只有我还可怕地活在半空中，嗖嗖有声。在我设想过的一篇小说里，我模仿韩国电影《薄荷糖》，离开让人厌烦的妻子，坐上开往过去的火车，重访一个个路过的女人，最终到达一九九五年二月十日那家破旧舞厅的灯下。我向那位只有十八岁的年轻姑娘倾诉这已有的命运和人生，毫无疑问，它很糟糕。在结尾我觉得要交代，让我厌烦以至于要离开的妻子，和这在暗蓝灯光下坐着的年轻姑娘，其实是同一个人。

我几乎什么都不信，不信才好呢，不信才会赐放荡以合法性。我好像拥有了一双魔鬼的眼睛，轻易就能看见世界的阴影、龌龊和裂缝，并且认为它们就是"本质"。比如人们对着和煦的阳光下齐整明亮的油菜花抒情，我就会出来故意提醒：在田地里，有蹿跳的老鼠、干硬的粪便；在茎秆上长着霉斑。我一度迷恋傅红雪这样的名字，因为他为了爱情自弃于街市，放着“天下第一快刀”的功夫不用，任人朝他的脸吐唾沫，任人践踏。

我在看电视连续剧《天龙八部》时，将精力放在爱情的傻子游坦之身上。在剧情高潮处，阿朱死了，萧峰抱着她的尸体跳崖；暗恋萧峰的阿紫跟着跳下去；最后跳下去的是游坦之。“阿紫，我来了！”游坦之连这最后一声喊叫都是滑稽的。这个爱情故事里的丑角，被玩弄得毁容了，被玩瞎双眼，仍然像狗一样忠心耿耿跟随着他的主人。也许像一部小说里说的：“爱情，可能永远存在爱的这一方，无法为外人知。”人们不知道它为什么发生，为何能透支人如此之多。很多时候，小说里的美人被设计得温柔、善良，为了使观众感受到危险，也就是说为了让他们的心揪紧，作者会安排一个脑满肠肥、多金同时年岁还大的男人来追求她。这样的角色类同癞蛤蟆，既无自知之明又卑鄙无耻，既可怜又可嫌。我总是想，人家为了使自己得到谒见美人的资格，兴许是冒死去打劫八尺厚的银行柜台。就只为了依靠钱来撬开拒人千里者的门锁。

我赋予暗恋者以伟大，是因为自己曾承受这样的耻辱。我罗列过自己不受F欢迎的理由。有一条是缺钱，因此我装模作样地立志要赚很多钱，比如可以买到一个大的地下车库，仅仅为着改建成她的衣柜；有一条是欠缺音乐天赋，因此立志成为贝多芬，在世界各地巡演后荣归故里。但是这样想并没有用，她早已抛下我，进入自己的人生程序，那个程序牢不可破。在我那很多篇想写的小说里，其中有一篇是我作为音乐家回到小城（就像作家克勒格尔回到以为有乡愁的地方），举行演奏会。她也弄到票进去。演奏进行到一半时，她见很多人从边门溜走，也跟着溜了。一部电视连续剧正放到关键的最后一集。

那个意念中的大师（我）又激动又骄傲，谢幕时，让观众和他一起回溯往昔的一个时刻：一九九五年二月十日，一个星期五的傍晚。失明的他看不见，台下空空如也。人们早就蹑手蹑脚，撤离干净了。

八年后，绵延的暗恋结束。是因为出了件糟糕的事。我从县城辞职，游历中原，辗转来到上海。一天，气候突变，我路过一家百货大楼时想去买件外套。在找厕所时，看见分手过的一位女子正在那附近当导购。在她少年时，父母离异。她生活在母亲家为继父不容，生活在父亲家为继母不容，十五岁辍学，后来在一家报社的通讯站当没有证件的记者。她采访到县城公安局时，被我看出来，但没有点破。我们不知为何恋爱了很久。她为人暴躁、率真、义气。后来我和她分手了。我记得她给我打来电话，说：“连你也不要我了。”

在确认是她后，我和她打招呼。因为是他乡相遇，又亲近不少。后来我们见面时，发现她性格温柔很多。我当时只觉得她长大了。后来回想，却是她不低眉顺眼，在世界上就没有了活路。我和她来往几次，也不好开口问，后来知道她其实是一位台湾人的女友。她强调说他家里没有老婆，我点头。但是台湾人只给她租了一间狭窄的房子。台湾人可耻啊，我这样想，并且说，离开他吧。她摇头拒绝。后来她打电话叫我去唱歌。我找到了，上海少见这样寒碜的歌厅。沙发油光闪亮，包间狭窄局促，门一开，就有其他房间吵闹的歌声扑进来。她和一堆可以说是大娘的同事，凑份子来唱歌。她唱的时候是那么欢快。她一边带着笑容看着我，一边唱。我没有妹妹，我想要是有妹妹，就会是这样，对着我心无芥蒂地笑。一个多月后，她打电话来，说你当初说的话还记得吗？我说，我说了什么？她没说话，我也没说，两人对着电话沉默了一会儿。然后电话就挂了。当时在我身边有一位让人难忘的性感女友。她晾晒的内裤只有拳头那么大。

因为被这位新交的女友甩掉，我在碰见一个广州的工作机会后，就离开上海了。打点行李离沪时，我才想起要给那我再度亏欠的女孩打电话，号码却停机了。我眼睛一闭走掉了。我想，即使没有停机，自己也是叶公好龙。我想上帝对这一切看得真切，祂看见我两次与一个人同行，两次借故走掉。我发现自己是一个虚伪的人。

未来的一天，当有一位女子绝望地离开我租住的房间时，我跟出去寻找。我翻过护栏，走到车来车往的二环路上，察看她离去的踪迹。后来在我找到坐在一个角落难过的她时，我们的关系就稳定下来。这个时候，我不想再去和别人的脾气、弱点针锋相对地作对了。我是一个年纪大起来的人，不应该这样。要实实在在看到人家在信任自己，并为此回报对方。

二〇〇九年末，M的演唱会在北京举行，我买票去看。十天后就是M的四十岁生日，她的声音像当年一样甜。但是好像四十岁一过，人就不能再以接近童音的声音出来演唱了。因此我在看的时候，觉得是一场辞别。演唱会规模不大，但在舞台、灯光、背景、服装等设置上却极尽奢华。就好像是在邀请大家来参加她的告别宴。其隆重有如一生一次的婚礼。

我在偏远的看台看不清她，但当她走上舞台，走进那响起的旋律时，我还是泪花滚动。她的歌声是我大量暗恋岁月里的配乐，我就是在它的陪伴下失眠，在书桌前写发不出去的情书，写感叹号，写“我想念你”。我就是在它的陪伴下反复雕刻心中的一座雕像。

一九九五年二月十日之后，我和F本人只见过五次，两次是街头偶遇，接到她来信五封。

M的演唱会进行到第五章节时，一些观众走掉了，猥琐得像偷粮食的人，猫腰钻进甬道。结束时，属于她的旋律只放了一会儿，就被一种我们在运动会里常能听到的进行曲替代了。那是馆方在催促大家赶紧离场。

我之所以反复听这位歌星的歌曲，是因为在将近十五年前的那个傍晚，舞厅服务员修好音响，将一盘磁带放进去。正好放的是她的歌。当暗蓝色的灯光打在F白色的脸庞上时，空中流淌的正好是这首歌。我想正是这首歌让F失神。

天使的马车飞驰过杨树，天使和马车都不见了，只有杨树立在那里。

超群脱俗 2009年12月9日

我从写字楼下来，想的还是体检报告。有两项让人不快，一是血脂异常，一是空腹血糖升高。为了表达恐惧，我从二十五层一层层走下来。黄昏使街道变得像腥臭的鱼肆。起早摸黑的商人，带着一整天工作积存下来的疲乏，生硬地、几乎是一点感情也没有地勾引路人。

我打算看场电影。只买到两小时后的票。因此去附近书店消磨时间，店内挂着耳麦，我戴着听，是披头士的歌。随手从书架取下一本书，也是写披头士的。我直到这一刻才知约翰·列侬和披头士是一回事。一本以传奇为诉求的书，就是带领人向往和飞翔。一首歌也是这样。

我想到“自由”。这时候，它和民主、平等、监狱、政治等等本应和它配对的词没有关系，和什么都没关系。自由就是自由，有一对不存在的羽翼，带领人飞翔、腾升。即使有时候它只是一种针对自我的欺骗。书籍、乐曲和香烟都是自由。

在写作的领域，诗歌是最接近自由的。我一直尊敬诗人，以后还会尊敬好的音乐人。他们是人群中的神。因为拥有自由的气质，他们总是很快被认出来。

压力　2009年12月9日

斯皮尔伯格一九七一年拍了部电影《飞车杀机》。卡车和轿车是隐喻。卡车是大的、灰的、粗糙的、男性的、马力十足的、摧毁性的、攻击性的，有着高高在上的车头和如猛兽牙齿一般的进气格栅。轿车是小的、红的、细致的、女性的、娇弱不堪的、被动型的、逃亡的，和瓷器一样，随时不免粉身碎骨。它们在高速公路上追逐。

有一个镜头是从侧面拍的：在一段下坡道上，红色小轿车越跑越慢，灰色大卡车越追越快。接近时，那种凶悍的气息，就像魔兽忍受不住，要抄起双臂，一把抓住前头的兔子。这场面真像人在噩梦中的经历。

医生 2009年11月23日

医生的灵魂骚扰整个村庄。他在每个人的耳边发出严厉的通告，但实际上他又什么也没说。恐慌其实由人心引起。他们害怕，只要有点风吹草动就吓得不行。很长时间没人理这事，带给他们的不是庆幸，而恰恰是越来越强烈的不安。当初，就像是均分一件财物，他们均分了杀死医生的罪责。他们一人一刀，将医生杀得不成样子。

在一次诊疗之后，医生对少女拥有了邪教般的控制力。然而，责任并不在他。他拥有着像大理石一样线条分明的脸庞、深邃的视线以及经过日复一日的护理因而显得洁白的牙齿。他侧过头，对人说“不抽烟的”，将听诊器贴在少女胸上。然后转过头来，对少女说：“不要紧的。”他寡言少语，一上午就说了几句话。然而从此以后，他对她就拥有了无限的支配权，可以命令她做任何事（哪怕是最为困难和下贱的事）。但他没有这样做。他矜持，冷漠，下意识地避开对方。有时怕得罪对方，就挤出笑容，说上几句客套话。一切的主动在于信徒。少女在医生喝了她家一碗水后，不许家人再碰那只碗，将它供奉在镜子之前；医生的袜子露出一只洞，她便记住他白皙的脚踝，整个冬天都在打毛线袜子，打了很多，但送不到对方手里。当别人想要穿她织的袜子时，她羞愤得要去死。

后来她还是轻生了。在医生无意中做出一个冷淡（也可能是烦躁）的动作后，她一下看清彼此间的关系。她知道除非是因为礼貌，他那有力而白皙的大手是不会握住她的手的。她看到自己在对方心中的位置。就像朝圣者跋涉千里，被神一脚踢出山门，她因爱成恨。在一股越来越强烈的情绪左右下，她自杀了。她留下的遗书，起初欲言又止，后来忽然说开了。她编造出很多医生勾引她的细节，比如捏她的屁股，以及通过诊病摸她的胸脯。然后又无情地赶走她。

一名医生让一位姑娘喝了农药，同时还救不活她。因此村民商议处死医生。

填补这一职业空缺的是会计的儿子。此人吊儿郎当，是从县卫校肄业的，连自己的感冒也看不好。人们在他身上得不到护佑，因而也就无法拜倒在他的权威之下。从此，村里人看病要去几十公里外的县里。有些人宁死不去。

医生是在一个大风之夜来到村庄的。他说他能治疗他们肚子里的虫，以此换取定居的资格，由此也担起由无尽期望带来的风险。医生来了后，村庄一直没死人。但在医生死掉一个儿子后，死亡像阴影般开始笼罩。这个儿子是溺死的。医生不能责怪那些一起去游泳的小孩。因为这件事，传出他准备迁走的消息。但一直没走。在少女眼里，他背着医疗箱穿过田野的身影灿烂而遥远。少女给自己准备了一场病，然后让家人去将医生请来。

相遇的诗意 2009年11月21日

在实在无聊时，我琢磨世界的不可思议。我待的三里屯南街的这家书店，游走来两名四川姑娘（似乎只有四川姑娘才会长出像牛奶一样光滑的脸蛋），是一对姐妹，她们像赏花游走在书丛中。然后有一位高个子穿皮衣的北欧女子手持一张纸牌匆匆走过去，她长着大理石一样线条分明的脸、灰蒙蒙的晚霜一般的眼睛和褐色的头发。我们像飞梭在太空的石块，偶尔在这一时刻擦肩，从此永别。想一想，这事情得有多骚啊。当欢乐的时光结束，各张桌子上只剩下一些残羹冷炙以及使用过的揉皱的餐巾纸时，穿着蓝色工服的阿姨出现了。这时，我不曾去想我和她，为了这一刻的偶遇，各自准备了多久的人生。

工业化的告别 2009年11月21日

要离开一座写字楼了，他收拾东西。这个过程极其快捷，但在大家心中还是缓如慢动作。每个人都在耐心等待，然后和他一一拥抱、告别。一位男同事忍不住还吻了他的脸颊，说："保重。"他走到门口时转身挥手，发现大家集体伫立在那里，眼神像一位母亲送别远行的儿子那样，带有难以遏制的悲伤与失落。他消失在电梯内。几分钟后他从电梯出来，走回这家他已办好离职手续的公司。前同事们正低着头，坐在各自的工位上。有的吃盒饭，有的聊QQ，有的打电话，有的盯着一些单据发呆。他走回来，像一个不买菜的人走进菜市场。他灰溜溜地走了。刚刚还送别他的人，没有再理他。你可是告别了的啊，朋友。他回来为的是拿一把落下的钥匙。他这次走时其实还忘了一件东西，是第三层抽屉里一只鳄鱼皮小包。但他不愿再回来拿。丢死人了。

失眠 2009年11月16日

上了床并不意味着睡眠，它意味着一段酷刑。在那没有黑完、灰蒙蒙的世界里，我作为单个的人，被丢在浩大的宇宙里。我分不清东南西北，来路和去向。围绕我的只有永恒的一动不动的烟雾。

科马克·麦卡锡的小说《路》，开头有个关于洞穴漫游的噩梦："照明用的光晃映着湿漉漉的钟乳石墙，仿佛哪个神话故事中写到的朝圣者，让花岗岩怪兽吞进肚子里，找不到出路。"

我在半夜醒来时，看见窗外屋顶悄悄积留了雪。那是一种类似月光的、阴惨的白，委屈的白，盖着黑的深渊的白。这座城市和我一起生活着的有一千八百万人，他们白天挤在公交车、地铁里和路面上，现在他们缩进自己的被窝。恍惚间，我觉得自己是站在一座巨大的坟场间。我的目光正远望林立的坟头。

自今年夏初，我就得了疑病症。我会在梦中惊恐地发现自己被囚禁在距世界咫尺之遥的死角。我听得见头顶上车轮奔驰所留下的声音，听得见城市的一切喧闹，但是没有一个人弯下腰或者是蹲下身子，来听我的呼喊。

我怀念童年时的火光。一位堂叔在堂屋架好树根，烧着。

大人们围在那里抽烟，抽完一根，又拿出一根凑到火上点燃，说着家国大事。女眷在厨房炒花生。我们小孩子就在这飘过来的香味中，围着树根蹦出的火星绕圈小跑。花生的香味是浓郁的，大人们让人崇拜。

堂叔叫捧木，前几年因癌症去世。

心理 2009年11月6日

“脑里掠过一丝轻生的念头。”这句话是随手翻书看到的，说的是恋爱状态。没什么大事，脑里掠过一丝轻生的念头，似乎是以此来使恋爱变得更加写意。

吃饭间有心理学研究者说，人说谎，眼睛会向右上方看。她继续说，一个人做不在场证明，将自己几天来的活动通顺地说出来，这时有一种办法能检验他是否说谎，就是让他倒着将它们再说出来，看是不是还通顺。她还说，黄金时间的电视广告之所以昂贵，是因为那时观众处于一种松闲、开放的状态，传递给他们的信息很容易被记住。特别是在剧情高涨时来这么一下，信息更是进入得快。

折磨 2009年11月6日

美洲学者路易斯·古斯塔沃·洛佩斯讲了他在牢中的经历：

有一天，他被从监狱提出来，警察局长接见了他，并与之拥抱、亲吻。随后，古斯塔沃见到一位自己认识的人，后者目前还在警察局工作。他们俩在会客室里“无话不谈”。这位熟人在评价政府时甚至比古斯塔沃还要激进。仿佛就要变天了。不一会儿，有人端着一只大蛋糕进来。原来今天是古斯塔沃的结婚纪念日。警方说，你的妻子和女儿在外边等了三小时，你想见见吗？

在这些活动进行时，都有摄像机和照相机跟随着。一位年轻的见习女警捏着一块手帕，在等着古斯塔沃流泪。古斯塔沃一旦流泪了，照相机就会拍下来。未来，照片在报纸上出现，就是他在向总统忏悔认罪。

古斯塔沃是在冬天进监狱的。有人说，脱！于是他脱下外套。脱！再脱！全脱了！命令下得越来越暴躁。于是古斯塔沃将自己脱得精光。接着他遵照指令朝前行走，途中，从空中猛然浇下一大盆冷水来，直接砸在他精赤的脊背上。有一回，狱方将他带出来，让他坐进吉普车。车辆驶入市郊，缓缓开过一个社区。古斯塔沃很容易就看见自己家的灯亮着。窗户上显现着妻子正准备晚餐的身影。他看见她，她却看不见他。

古斯塔沃在讲完这些后，感慨："世上最难的事就是让自己哭得无声无息，没有眼泪。"

观众 2009年11月6日

日前去看世界车王争霸赛，地点在鸟巢。来的是舒马赫、巴顿。一流赛事，一流场馆，一流明星。我手里的票面值四百八十元，但我是免费拿到票的。我有四个渠道拿到票：女友、哥们、单位、售票亭。我这样小气的人怎么可能买票呢。坐在我旁边的是位白发老妪，她一直没看比赛，她的孙子正在保姆手里抱着，在通道走来走去。保姆一直“咯咯咯咯”地哄着婴儿。我四处张望了一遍，观众多数年纪不小，对这项赛事不会有什么热爱。

现场有一名青年不停挥舞着法拉利队旗，有时将它披在肩上。摄像机一次次对准他。似乎在观众席上只能捕捉到这么一个素材。

比赛结束后，舒马赫坐敞篷车离场，广播里放着《飞得更高》。歌声放到一小半时，就有场馆的工作人员字正腔圆地喊：“地铁马上关门了，请观众抓紧时间离场。”其实是白提醒了，观众早已十去其九。舒马赫对着观众席上稀稀拉拉的人挥舞手臂，每个看台区都有几人站在通道处对他还礼。我想毕竟还是有拥趸的啊。不过在舒马赫进入休息区后，便有人大声招呼：

“集合。”于是那些站在通道上的人就小跑着去集合了。

电影《This Is It》出片尾字幕时，观众全体站立，预备离场。服务生跑到银幕下说：“还有，还有。”因此大家原地站着，或者就近坐下，等待字幕下移。果然有“加戏”。接着又出了字幕。大家于是继续朝外走，这时服务生又跑过来说：“还有，还有。”于是大家又站在原地往下看。哥伦比亚电影公司太有风情了，他们让死去的迈克尔·杰克逊谢了几次幕，但这风情在我泱泱中华有几人能懂？

自信 2009年10月18日

宇宙。星球如飞沙走石，如子弹穿梭。

太阳系。星球如大小齿轮，缓慢转动。

大气层。

地球表面。像一个妖精做的馅饼，蓝色的海洋和褐色的陆地拼凑在一起。

亚洲。

中国。一个大公鸡图案，长江黄河像白色肠子。

省。

市。高速公路出现在镜头里，很小。

县。柏油路出现在镜头里，很小。

乡。房子像火柴盒子。

村。镜头越来越大，越来越明显，几只鸡像隐士一样来回踱步，牛屎冒着热气，在黄土屋旁边，站着一个叉着腰的男人，大声对另一个人说："老子最大。"

又一则：

账房："老天要下雨了。"

煤老板："好的，请下。"

观察 2009年10月18日

发现一个姑娘是不是乡村来的，第一眼看耳垂，那里总吊着一个类似珍珠的传统耳坠。

坐地铁看见一位女人，穿着时尚，不时蹲下收拾大小包裹。其中有一只包装袋写着国庆超低折扣。我就看着她的背部，想她老公很幸福，虽然用钱很不自由。她是过日子的。生活时常有窃喜，因此是幸福的。

在台球厅看见一位女人，留着波浪头，听伍佰，抽混合型香烟，一边喝酒一边流泪。在台球厅里能看见一些干脆的女性，穿着工装裤，有时是T恤，多数蓄短发，面目和男孩一样清秀。有时抽烟。我见过有的还戴鸭舌帽。不进台球厅的女子，女性化会明显一点。台球厅里没有黑色丝袜和猫步。

有人这样教导我：在打台球时，支撑手最好不要拱得像埃菲尔铁塔；不要在发力时抬起肩膀、屁股和腰，更不要在出手的同时跺脚；即使烟雾将眼泪熏出来，也不要取下嘴里叼的烟。

对人说“那个”，是不会受到欢迎的。“那个穿黑衣服的女子，你过来一下”，或者，“那个谁，你过来一下”（配以勾动食指的动作），显示的都是失礼。

即将度完的礼拜天是一种残忍的现实。通过它能想象到在礼拜五和礼拜六经历的欢快和放浪形骸。现在是清扫这些纵欲的残渣的时候了。

我有三位同学死掉了。其中两位被我预测到，他们脸色都有一种不正常的惨白，还往课桌下吐痰。那位因车祸死掉的我没预测到。死亡是看得到的，死亡让人很早就脸色干净。脸上还在往外长粉刺的，似乎一辈子也死不了。

餐馆只有三个竞争秘诀：桌上是否有苍蝇；找钱是否迅速；餐物到来是否快捷。不必要的竞争是一大堆人冷漠地喊“欢迎光临，欢迎下次光临”。

性诱惑：合租的男子带了一位穿丝袜的女士回来。我关上房门，戴上耳机，写作。后来到客厅倒茶，恰逢这位女士离去。她腿上的丝袜没有了。

今天有个号码给我发感悟，我回“谁”，他再也没有说话。

一名十六岁的女孩，短发，剑眉，胸部大，脾气也不小，穿着松糕鞋，背着包，父母离异，两处不留，四处流浪。现在她二十七岁了。有时还在我的天空之上走着。

噩梦　2009年10月18日

长长的石阶通往云层，每一级都垒得又窄又陡，难以落脚，并且湿滑。我一级一级，往下慢慢挪移。湿漉漉的雾气充满着整个世界。我一只手摸着上一级台阶，一条腿缓缓向下一级台阶探去。好担心啊，一滑，就栽下去了。我身边可是没有任何可以抓住的枝条或绳索。

熟悉 2009年9月13日

这是座庞大的城市，因此可怖。以前我们以为没有比“流放西伯利亚”更严重的刑罚，现在却觉得城市是比荒原更残忍的监狱。Mt每天从立交桥下走过，都会看见一位新来的外地人盯着自己的行李箱，不知所可。Mt第一次来到这座城市时也这样，到处是楼宇，一栋也进不去；到处是人，都和自己无亲无故。

Mt每次路过这里，都想告诉那些除开发呆什么也不会的初来乍到的外乡人：随便选一个方向，笔直往下走，走到两腿抽筋、饥肠辘辘，找家餐馆热泪盈眶地吃饭，或许可以抵挡住无聊对自己的压迫。至于其他的事，车到山前必有路。但Mt没这样做。Mt直接穿过斑马线。人行道边安装有漆着黄油漆的健身器材，一位头发花白的老人正踩着脚蹬，在器械上幅度很大地“漫步”。Mt认得他，他上身只穿着一件白背心，锻炼时心无旁骛，表情庄严。然后是地下通道。在它的尽头有位戴假发的男人弹吉他，唱《天使的翅膀》或《驿动的心》。Mt从未往空着的吉他匣子投一分钱。再往东走，会路过一间叫“河南老乡”的餐馆。门口的凳子上摆着一台电视，一群农民工围着它看。Mt听见《新闻联播》的序曲。一定是罗京和李瑞英搭配播音，男声稳重而富于磁性，女声高昂而端庄。

每天这时，Mt都沿着这条路线走。这条路线是经验的结晶。如果时间晚了，或者是抄近路了，他就会感到不安。这条简短的路线意味着习惯、乡愁以及安全感。在农村，老鼠总是在固定时间溜出洞，沿着固定路线跑向谷仓。有经验的捕鼠人总是在它必经之道布下铁夹子。老鼠从不更改路线。

Mt每天走的这条路线，终点在城北一座小区的一栋塔楼。Mt走进楼梯道，目光扫过墙壁上贴的管道疏通广告，一级台阶一级台阶地往上爬。到四楼时，有一间房的房门会主动打开。一位女子站在那里，亲切地看着他，脸上露出欢喜的笑容。在餐桌上，准备好了两杯啤酒，一杯冰的，一杯常温。女人不知道他喜欢喝哪一样的，他自己也不知道。因此总是准备两份。Mt觉得这是忠心的一种证明。然后是聊天。自然而然地也会有上床的事情。

他说不上有多喜欢对方。也许这样说更好些：他说不上对她有什么讨厌的。起作用的是一种惯性。认识她的第一天，他就看出她在过日子方面的能耐。他习惯在她铺好的床上无忧无虑地睡到天明，然后加入城市那残酷的竞争当中去。今天，在步入楼梯间时，他感觉到异常。当他爬到四楼，发现门是紧闭的。他准备敲门，听见从房内传出她情不自禁的呻吟声。声浪一次又一次传过来。接着，Mt听见一个男人在说："不要那么急。"

"狗啊！两条狗！"Mt低号着，走了。

后来有一次，Mt在街头偶遇女人，她无疑也看见他了。但在那张脸上不再有灿烂的笑容，现在在那里只有一副冰冷的轮廓。

奶奶 2009年8月19日

奶奶说:“你来了啊。你晚上不要走，就在这里歇。”

我说:“我是你的孙子。”

奶奶说:“你是我的孙子啊，我都不认识了。”

我说:“是啊，我是你的孙子。”

奶奶说:“你说我老成什么样子了，都不记得了，晚上不要走，就在这里吃饭。”

我说:“好。”

我去医院探望来京治疗的叔母，自然说到我的奶奶和父亲。叔母说:“你婆已经糊涂得不行，不认得人了，但是有些事情她很清楚。有次街上的人盘（骗）她，说你曾孙被人抱走了，你婆信了，就拿头去撞墙。”“都是上疼下、老疼少、疼男不疼女，”叔母感叹道，“人啊，就是这样个东西。”

在房与房之间的流浪　2009年7月13日

还有几天就要进入出租房生活，我在朋友处借住的生活至此结束。今天从涂重航家出门前，特意将三条内裤洗了，还洗了澡，发现毛巾不知忘记在谁家了。我站在镜子前，让水慢慢干掉。反正北京气候干燥。我看见我的鼻梁骨仍然有点歪，是因为高中时被一位要好的同学撞了。我的祖父说那是软骨，帮我捏了很久。我的肚子长大了一些。

坐出租车时，听见刀郎的《二〇〇二年的第一场雪》，有所触动。我对音乐和食物的态度都是：有就行。我记得在离开县城前，写作时听了很长时间的《约定》和《因为爱所以爱》。大量的流行音乐在耳边经过，应该会影响到一个人的行为。有可能使他觉得发愁、自怜能获取他人的共鸣，从而使他变得软弱和让人丧气。我大概就是这样吧。

这一个多月我一共借住了六户人家。有的家鞋排成两行像仪仗队一样规整，有的家鞋凌乱地摆放，据此能看出房主的选择：有一双鞋应该是在出门前最后一刻被否定了，取代它们的那双鞋如今正像被宠幸者那样傲然地迎接同类嫉妒的目光。

有的家地毯不能碰，厕所可抽烟；有的家地毯可以碰，厕所不能抽烟；有的家用满是日文韩文的洗浴牌子，让我分不清是沐浴露还是洗发水；有的家电视大得惊人；有的家冰箱一直在发出令人不安的轰鸣，在你就要习惯时，声音突然一沉，没了；有的家里有强力消毒液，可以将袜子、内裤和衣服放在一起洗；有的家有空调奢侈地吹着，有的家只有电扇，电扇不够用，照顾不到的人就汗如雨下；有的家进门就换鞋，鞋面上有按摩的软胶钉；有的家可以把鞋带到床上，大家在床上诈金花；有的家马桶小得放不下屁股，有的家马桶宽大舒适，而只要是马桶都存在压不上来水的问题；有的家只住一人，有的住很多人，像社会，让人想到梁山或者火车卧铺。

我在别人家一共认识了六位新朋友。其中一位是一同借住的，后来租了房子，安排我去他家睡，本要将床让给我睡，我觉得还是地板合适，就睡在地板上了。有一位也是一同借住，房主每天嗔怪说安排两位流浪汉十分操心，他来北京找了几天工作就回省了，准备下次再来。有的家摆放着书籍《我的青春谁做主》，有的收藏打了马赛克的毛片。我在一家看见苏童的选集，其中有一篇叫“一个朋友在路上”。苏童写道：一位叫力钧的朋友在西藏和黄河流域流浪，不时寄回来明信片，并安排在那边认识的朋友过来借宿。“我”借钱接待他们。“我”既接待力钧的女朋友，也接待力钧的情敌。最后力钧和情敌都失去这位叫小米的女人，后者去南方干了一项据闻难以启齿的职业。“我”因为结婚，生活平静下来。有一天听到敲门声，妻子去开的，在问清对方是谁后，她将门推上了。“我”没有提出异议。

所有的房东都给我巨大的宽容和友谊，既招待我，也爱护我，忍受我喝光他们的饮料，用光他们的肥皂。本来还有几家联系好的要去住，因为房子终于租到而作罢。我将住进完全陌生的一间租房，和孤独为伴。自从四月份后，只要是我一个人待在家，洗澡，小腿肚总是绷紧，呼吸不过来，就像很快要死了。有时我会扶着墙，让自己休息一会儿。这一切全因为恐惧。我得了疑病症，一会儿觉得自己心脑血管阻塞，一会儿觉得自己有心脏病。有一次发作严重，我打电话给一个人，让她不要挂，等我洗好澡。我怕我洗澡出事了。后来我洗澡出来，拿起手机，发现她已经挂了。

于连 2009年7月10日

“周起源医治无效死亡了。”

二○○九年七月九日我从以前同事那里接到短信。不当处有两点：一是名字是“周琪源”；二是用“病逝”“去世”会更好些。不过，这并没有什么。这无非是外在的措辞上的考虑。

我不知道怎么回短信。我在分析这是不是一桩麻烦，我是不是得因此赶回江西一趟。在意识到他们会原谅我的缺席时，我变得轻松起来。因此在语言上尽量表达哀悼。这使我想到那些不想真心实意陪护病人的人，他们会买一些贵重而毫无作用的营养品送过去，以弥补内心的亏欠。

之后，我照常吃饭、上街、登录开心网、睡觉，甚至比平日睡得更多了。透过窗户，我看着城市的楼宇、树木以及在路上奔驰的车辆，觉得自己和它们一起，构成无情的自然。我们是濒死的人无法祷告和依赖的对象。

周琪源是和我一起考上省公安专科学校的。当时我们一届老乡，包括成教部的，有八九个。周和我们来往并不多，这主要是因为他只是寄居在我们县的子弟，是知青的后代。我们老乡之间会说亲热的方言，和他只有说普通话。语言这东西有时意味着尊严，有时又意味着交往的成本。大约十年后，当我从外地回到县城公安局玩时，发现周琪源已经能讲一些我们瑞昌方言，遇到讲不出来的又用普通话补过去。这意味着他服软、认命、投降了。胸有大志，天生丽质，而终于甘于世俗了。他认命的另一个标志是结婚生子。这次驾鹤西去，留下的孩子只有七岁。说到当年在学校和我们不太来往，还有一个原因，就是他悬梁刺股，囊萤映雪，想通过不断深造，走上一条去大城市发展的路。

毕业时，我拿着派遣证从省会回到九江市，盖章后回到瑞昌县。在县公安局盖章后，随车到肇陈镇，我说人生荒凉莫过如此，没想到接我的车又往山里边开。直到开到洪一乡才停下来。这地方的路没有一粒柏油，十几米长的街道没有一间商店有招牌。我就是在洪一派出所报复性地立誓，要从乡到镇到县到市到省会到直辖市到首都到纽约，到更远的地方实现自己。那时周琪源坐着另一辆吉普，被“发配”到黄金派出所。黄金乡和湖北省交界，两省群众常为山林矿产资源发生纠纷。周也不想久居此地。

毕业一年多后，我和周琪源这两个不安分的人都被调进公安局办公室。我们被分配到同一间办公室，对面坐。他靠门，我靠窗。他是先来的，位置是他先挑的。如今想来他之所以挑那个位置，是不想让眼睛老去瞧门外的人。他要学习。他学的是对我们基层民警来说有些奢侈的英语。我常说生活在一个破县城要英语干吗，他不理我，每天像念经一样背诵单词。背完就找卫生纸擤带血的鼻涕。那时我和外界来往的信函极少，我去领邮信都是帮他领。寄来的都是印刷品，要么是某个公安专科学校的学报，要么是《预审探索》这样的杂志。有次我见封口不严，就把杂志扯出来看，看见他的论文果然发表在里面。这样的印刷品来得多了，我就觉得他终非池中之物，假以时日，应该会调入九江市局、省厅，甚至是公安部。又过了些时日，寄给他的印刷品分量增加，竟有好几斤重。他看都没看，丢到角落。我剥开看，发现都是同一期的某学术杂志，有几十本。我就恶毒地想，他自费订这么多，是想和杂志社搞好关系吧。

那些杂志给作者署名时背后都带括弧，注明身份。作者多是学院教授、副教授，也有省厅、市局理论口的，只有周琪源来自县城公安局。看杂志的人应该都会诧异。我们县局的人也觉得他是不一样的人。那时有不少人（包括周琪源自己）相信他终究会去一间省里的办公室，在那里从不抽烟的他抽上一根烟告慰自己，在那里他轻轻抚摸厚重的窗帘，俯瞰整个城市。他为此考上研究生，发表几十篇学术论文，外语也好到呱呱叫。他可以说万事俱备，最终却死在县城。

他之所以没走成，一开始还是谜，后来就不算谜了。有一种说法很多人认为合情合理：在这个社会，上边没人什么用也没有。周琪源进行的不过是一场无望的奋斗。县城有不少这样的人，平时你在菜市场、超市看不出他们有何特殊，等他们回家偷偷拉上窗帘拉小提琴，或者背诵伟大诗人的诗你就知道了。我很感谢顾长卫在贾樟柯的小城题材上更进一步，拍了一个叫王彩玲的做梦人。周琪源是王彩玲。在最后谢幕时他应该有一声叹息。他所期待的上级的调令、远方的奖章、同行的掌声，都没有到来。陪伴他度过最后时光的只有家人和医生。在医院外边有几位在警校同学后来又一起分回瑞昌的同事。他们中的一位给我发来短信，告诉我周琪源死于鼻咽癌。

败军之将 2009年7月6日

昨夜看完史诗性的温网决赛，费德勒完成前无古人的十五冠事业。但在我心中，这一夜他只是配角。那些请来见证历史的网球先贤麦肯罗、博格、桑普拉斯，足球明星弗格森、巴拉克，好莱坞明星，英国王室成员，以及费德勒的家人（包括他的父亲和待产的妻子），都是配角。真正的主角是他的对手：罗迪克。被认为只会发得一手好球的“网坛程咬金”罗迪克，在决胜盘和费德勒扛到十四比十六才认输。最后将球打飞时，罗迪克的眼睛红了。随即进行的颁奖典礼是为比他大一岁的费德勒准备的，他再一次成为他人伟业的陪衬人。他就像插满花镖的公牛，被拖到一万多名观众面前，实施最后的宰割。这时费德勒像胜利的斗牛士不知疲倦，满面春风，而罗迪克则失神落魄地被请到音量极大的话筒面前，说上几句自己不愿意说的恭维话，开上几句玩笑。然后他得在空旷的草坪上找个合适的地方蹲下，或者坐下，看潮水般的呼喊涌向费天王。他抱着失败者的银盘，失魂落魄地坐在那里。

我真想降临到那块草坪，对他说：“你已经尽力，至此人生足矣。”

当初，我一九七二年出生的哥哥考上大学，而一九六八年出生的表姐高考八年，屡战屡败。他们恰好在一场酒席上相逢。我记得很清楚，有一位不知趣的亲戚提议，老三（我表姐）是学文科的，理当会作一些祝词，为何不为老国（我哥）的升学作上几句。这件事我只记得大概。当时我觉得，这样的话，其伤人可谓深如矛戟吧。

中风 2009年7月6日

我今天走在路上给父亲打电话。他的声音已像我的爷爷，我爷爷生前就这样疲倦地说话，但是又能在疲倦中听出对方付出了巨大的努力。就像病人看见有探望的人来，努力扶着护栏坐起来。尚在几个月前，父亲的声音还似一个强健的中年人，透着不由分说的威严。现在他已习惯住在县城火车站附近的老房子，每天拄着拐杖走一段路。他每天尝试使自己走远一点，像刚学会走路的小孩。

他因偏瘫而屈曲的右手恢复得很慢，再也不能用它下棋、写字。过去，他在废弃的报纸上练习书法，字写得那么好，但他不觉得。他总是临摹给中学生练习用的字帖。他过于尊重外在的世界，觉得自己不配登入书法的殿堂。

画仙 2009年6月25日

在他的房间有一幅画。画中有嫩绿的荷叶、通灵剔透的太湖石、袅袅升起的烟气以及一位身影模糊但能推测出一定很美的女人。他在画像前点上细香，打躬作揖，祈祷她能从画中走出来。有时这样的祈祷是真心的，有时只是戏谑。他知道这样的事情毕竟不可能。一天，让他感到匪夷所思的是，随着纸被破开，她手执纨扇，真的从中走了出来。当他从侧面望见她那细嫩红润、简直可以说是吹弹可破的面颊以及从后颈生长出的一层极浅的汗毛时，禁不住连退了好几步。

以后鱼水交欢之余，她只提出一个要求：不要动手打她。

书生的妻子是悍妇，敏感，凶蛮，嫉妒成性。从娘家回来后，她就从书生不同于往常的举动里瞧出端倪。她伪装毫不知情，在书生借故离家之后，跟随而去，并以迅雷不及掩耳之势捉奸成双。在乡党们和道义的支持下，妻子递给书生以鞭子，要他殴打这形迹可疑的女人。他接过去，轻轻地、简直可以说是抚摸那样地殴打画仙。“舍不得吧！舍不得吧！”从妻子嘴里传来悲怆的哭声。于是他突然变得残暴起来，像是抽打一种毒瘾或者恶习一样，狠狠地抽打对方。如果不是体力不支，他还会抽下去。最后一鞭，抽落了空，他发现画中人消失了。

后来他摘下墙上挂的画，将破裂的画纸压平。荷叶和石头还在，只是画的中心，人被撕走了。

香火　2009年6月9日

倘若有人不肯生孩子，我可以去做说客。我说你看问题不能光看自己，你要看到你身上所隐藏的一部大历史。你上一代是父亲，上上一代是祖父，推本溯源，你的始祖是一只猴子。你今天长成这样，鼻子这样，门牙这样，综合了你所有祖先的基因。你以为你的存在是一种必然，但细想下来，只是侥幸。通往你的生殖的链条其实非常脆弱。你的祖先有的刚一射精就死了，有的属于老来得子，有的几次上吊都没有死，有的本来进宫做太监最后关头被淘汰下来，有的出海一船人都死了就他游上岸，有的是通过盗窃才得到一笔买媳妇的钱，有的在很小时差点命丧于天花。能有今天的你，太不容易。你还不赶紧去生个孩子。

既然我们活着，我们就得干生育这种事，这是一种意志。

扫兴的人 2009年5月26日

我总是记得一个面色惨白如一张纸的少年，长得极为漂亮，可惜很快就要死了。他总是将瘦弱的双臂搭在扶手上，整个人躺在黄色塑料仿藤椅上，用眼皮底下漏出的一点光瞧着我们。他是我一位同学的哥哥，因病辍学。有时，我们会去供销社宿舍找同学玩，就在他家门口玩钉钉子或者打弹子（玻璃球）的游戏。后来总是撞见病人那嘲讽的目光，就不再去了。

这位得了白血病的少年死了之后，就埋在他家门前。

我想，使他在这个年纪就变得深沉、冷漠和自暴自弃的，只能是死神。今天的我就像是这名躺倒在椅子上失去希望的人，对什么都提不起兴趣，什么事也不愿去做。我的眼睛不再跟随女人的身影移动，对加之于自身的往大了说是“政治、经济环境变动”的现实，也处之漠然。一些在过去会让我拍案而起的事，已经无法触动我。要命的还有食欲在丧失。我吃牛肉可以，吃米饭也可以，一天下来吃一颗橘子也可以。我有时将吃饭当成令人丧气的任务，就近在成都小吃这样的小馆子敷衍掉。有时我会去踢球，我是那么热爱踢球啊，可是在散场时，一切看起来是那么没有意思。

现在的我一定令人扫兴。我想别人一定在我这萎靡的状态里看出我对他们的嘲讽。因此，解救之道是：

让我忘记人总是要死的；

并且像条狗那样重新追着女人跑。

走亲戚　2009年5月21日

北村住着很多人，南村只住着姑妈。有一大，在去探望姑妈的队伍里，增加了一个没有来历的人。他的长相、打扮和年龄都是真切的。经过被洪水冲歪的独木桥时，因为抢行，他所挎篮子里的一百个苹果散落一地，他只捡回六十个。他和大家一起走到南村，排着队拜见姑妈。对大家，姑妈只是略表谢意。对他，姑妈却长时间用自己的两只手握住他的一只手，殷切地看着他。“我懂，我懂。”姑妈说。

这个人在我们长长的历史上没有留下任何印迹。只有在姑妈家里还留着他带来的一只竹篮及六十个苹果。我们都不敢跟孩子讲他，因为一讲，孩子就感到害怕。

背叛　2009 年 5 月 20 日

在噩梦里，我回到公安局，和过去的同事喝酒，还是亲热如兄弟。后来在回罗湖桥我家的路上，不知因为什么，干了一件自卫的事。不久，我的姐姐接到电话，对方问："国柱在家吗？"我意识到这是前同事打来的电话。他们为什么不打给我？怕打草惊蛇？我正要暗示姐姐别回答，善良的她已迫不及待地说："在，在啊。"我听到话筒里的前同事们集体"哦"了一声。在梦中，我以飞快的速度逃到邻居家中。透过窗户我看见那些过去的同事穿着挺括的藏青色制服，举枪蹲在我家门口，像上演哑剧一样无声地移动。

两个人 2009年4月26日

一个是“被角色庇护的人”。十来年前我是个羞涩的人，看见女人就脸红，很少敢去追求她们。一天，公安局副局长叫我和另一名实习生装扮成客商，去一家宾馆潜伏，并且说：“你们没把偷旅客手机的贼抓到，也要把楼下美容部卖淫嫖娼的事情摸清楚。”我们没有逮住贼，就去了宾馆的美容部。我们年纪如此之小，却装成广东来的老板，言语轻佻地试探她们。在说这些话时，我这个畏惧女人的人表现得十分勇敢，并且自然。我想是警察这个角色庇护了我。这是一次任务，是使命。我在和女人打交道时，是在执行任务。

一个是今天在电视上看到的，一个被四个亲生儿子抛弃的父亲。他对着镜头说：“我要是他们说的那样，把我放到公路上让汽车轮胎轧死，把我放到河水里让冷水冰碴冻死，把我放到沟儿旁边让我摔死。”他们怎么说呢——“我们儿子今天不孝敬爹，是因为爹当年也不孝敬他爹。”法院依法将大儿子戴上手铐。在拘留通知书上签字时，老大痛哭流涕，不停发着毒誓：“爹啊，你真该死啊，你死了我把你埋了也就算了。”

建议 2009年4月26日

我想找地方吃饭，找不到。因为所有饭馆都是为两人或两人以上准备的，而我只有一人。我一个人去吃会害羞、畏惧，甚至是抑郁。这就是处境。因此我想得有个连锁店了，就叫“一个人吃饭”，专门收留那些到大城市行走江湖又得一个人吃饭的侠客，就像收留流浪狗流浪猫一样。

流浪者 2009 年 4 月 26 日

流浪汉会有什么细节？

——有一年一条狗咬着主人的裤腿，在前边带路。我们两名警察跟随着。在下雪的菜地边上发现一具矮小的乞讨者的尸体。她是扑倒在尖尖的石头上冻死的，头朝着自己在湖北的家乡。我记得在将尸体翻过来后，还能看见她腰部被石尖顶住所留下的凹洞。

——念警校时，听老师说，冻坏的人会脱掉衣服。《法医学教程》是这么说的："此外，可见反常脱衣，系体内肾上腺素氧化物所致幻觉作用，错感炎热时而出现的现象。"

——记者李志刚说一名流浪汉为了自由从收容所跑出来，后来死在地下通道。

——同事侯飞说他在工体西路附近看见一名衣着还算干净、体面的青年，趁着人少从垃圾箱内翻出一只面包，狼吞虎咽起来。我一直将侯飞当大哥看待。他和另一名东北人王小山都具有善良的心地。我听说过他们接济流浪者的事迹。

——年少时，因为饥渴，我曾经捧起田里的污水喝下去。后来的代价很大，上吐下泻。我记得是在去横港药店找父亲的路上喝到这口水的。

——流浪者和路人，形同于爬行动物和直立动物。

——我想，起初没有一个人能忍受自己在流浪的现实。后来，恐惧、愤怒、盼望都消失了，只剩下铁打的事实。他就接受了这个结论。和那些病人以为自己生来就有癌症一样，他们以为自己生来就是一名流浪汉。

——在每个流浪汉的头上，都团聚着一堆祖先的灵魂。他们悲伤，又束手无策。一个人到了流浪这个地步，他的祖庙也就随之倾圮了。

食趾姬　2009年3月3日

我被带到一座金碧辉煌的宫殿。尚在门外，就听见里边传来暧昧的音乐和放浪的笑声。这让我跃跃欲试，迫切要加入他们享乐的宴会。侍者引着我穿过大厅，来到一间包房。在推开本就虚掩着的隔音门后，他退去。一位穿着天蓝色蒙古袍的老者张开双臂迎过来。他的胡须和头发拳曲而浓密，已经花白。他的脸快有脸盆那么大。眼睛特别小，然而放射出的全是亲热的光。拥抱之后，他不时拍打我的双臂。我意识到在这一夜，我能获得和他一样的待遇。他能享用的东西我也能享用，他能驭制的仆人我也能驭制。

在他狡黠的眼神指导下，我摊开身子躺倒在阔大的沙发上。不一会儿，门被撞得大开，一群穿着统一制服的女孩，将双手举在胸前，小跑着冲进来。她们都蓄着马尾辫。一进来，就用团团的眼睛看看这个看看那个，选择下手的对象。其中一位——我现在已不记得她具体长相了——稍显文静，看了看别人，找到一个小圆墩，在我面前坐下来。她摘掉我脚上的鞋，剥下袜子，给我的脚丫抹上油后，一遍遍地揉搓它，又拿热得发烫的脸贴它。然后，在瞧了我一眼后，她将我的大脚趾吃进去。一边吮吸一边用黑得发亮的眼睛看着我。在意识到我并不反对后，她吐出这只脚趾，将另外一只又含了进去。这样的游戏结束后，年老的贵族开怀大笑，走过来，重重击打着我的胳膊，说，看看你的那些脚趾。我发现它们一个个像新生的幼鼠，光溜溜的，粉红粉红的，而趾甲也不见了。他说："她们是吃趾甲的歌姬。"

这是我很多个记忆清晰的梦之一。

嗯　2009年2月24日

德青正在上课，门被同村的小孩推开。德青看他想说什么说不出来，结结巴巴的，就抚摸他湿透的头发。他这才一字一字说清楚了："你爹晚上七点死。"德青看了一眼全班三十六位学生，思索数秒，然后对报信的小孩说："你先回吧。"小孩得了令，和来的时候一样跑了。德青清清嗓子，说："同学们我们继续来念这段课文。"

德青上完这堂课，又去另一个班教了一节音乐。正要去学校背后的菜地，听见烧火师傅喊："德青老师，你家里来了电话。"德青搁下锄头，走到办公室，当着双手抓着报纸看的校长的面拿起话筒，听见姐姐德芳略带不满的声音。她说："爹晚上七点就要死了。"

德芳大德青九岁，孩子都有八岁了。德芳嫁到三十里外的长坑村。姐姐都回来了，德青还要去看看学校背后的菜地。昨天，德青叫几个学生放学后到菜地把垃圾捡掉，现在看他们只是敷衍了事。德青把垃圾捡到一堆，然后拿锄头在菜地的红土上轻轻挖出一道道槽。

回到单身房后，德青用电热炉烧了一壶开水，给自己泡茶。

在水开之前，他拿起小提琴练习。在这深山老林里，没有和德青配得上的姑娘。很多本地的姑娘十六岁十五岁就嫁了，嫁得像牛栏里的一头牛、猪栏里的一头猪。她们配不上吃上商品粮的德青。德青饮过茶，从简易衣柜里找出一件黑色衬衣穿上。这时他听见烧火师傅老远在喊："德青老师，你家里来了电话，让你去供销社扯白布。"

德青穿过黄土操场，走上田埂，到达村部。这里有一间墙上刷着石灰的大屋，就是供销社。走进去后，就能看见一条磨得光亮的水泥柜台，柜台内摆着牙膏牙刷肥皂毛巾罐头糖子等货物。柜台内坐着一位不愿出嫁的女人，谁也不知道她的年龄。她总是将脸上搽得白白的，比月亮还要白。今天，德青走进去时，发现柜台消失了，只有地面还留着它过去存在的印迹。室内多出三排白色的多层塑料货架。原来一夜之间这里变成小超市了。女人坐在收银台后面。德青在货架当中转了一圈，一无所获，说："扯点白布。"女人抬起头来。德青感到恶心，因为在那张搽满脂粉的脸上，布满细密的皱纹。她有些发愣地看着德青，似乎陷于哀愁之中。"我说白布呢！"德青吼道。于是她惊恐地跳起来，四处寻找。好像这样能消除自己的责任——我虽然找不出白布，但是我在找啊，德青。

德青走到门外，点着烟站着，看着墙上有一行已经暗淡的宋体字：抓革命，促生产。据说字刷上去的时候，女人就待在这儿了。有几次人们尝试用别人来顶她，遭到她的拼死抵抗。一会儿，女人从店内跑出来，冲到村卫生所。在那里她讨到三件护士服。德青正坐在支好的载重自行车上，不停地蹬脚踏。后轮越转越快。她抱着护士服对他说："你先拿去吧。"

德青将衣服搭在一侧肩上朝家走时，听见女人问："你爹什么时候……啊？"

"七点。"德青说。

德青听见她啧啧叹息。德青肩上搭着的白色衣服吸引了小孩。小孩和乌鸦一样，是那么喜欢死亡啊。他们一路为自己未来的分工争吵不休。比如谁该举着纸幡，谁该扛花圈。有一堆孩子跟随着，德青也就不由自主有了气势。

德青回家要经过三座山丘。刚翻第一座山丘，他就看见前头有一位老者在往肩上背柴薪。他经过时，老者还没背起来。这对农村人来说是很耻辱的事，这意味着他到了已经不能生产、只会浪费粮食的岁数了。德青经过他时没有任何同情。到第二座山丘的山顶时，德青看表，自己似乎走得急了。于是他一屁股坐下来。跟随的小孩也都坐下来，崇敬地看着德青脸部那坚硬的轮廓，觉得老师做什么都是有道理的。

"到了以后只准悲伤不准笑，知道吗？"德青说。

“知道。”他们说。

“不准偷偷捡炮竹放，不要被炮竹炸着手，知道吗？”德青说。

“知道。”他们说。

这时，老者背着柴薪，蹒跚着走来。走到近前时，德青猛地站起来，用烟头照他，禁不住低声喊道：“爹。”德青的爹没有回应他，抖抖上身，背好有些掉下去的柴薪，继续朝前走。德青跟在后头连续喊了好几声“爹”，他的爹才回应了一句：“嗯。”这好像是这位老者长长一生唯一会说的话，这句话代表着威严、沉默、亲热、许诺或者别的什么词。后来，从老者背上，掉下一根又一根的柴枝来。因为天黑，加上可能是太累了，老者并不知情。那些小孩抢着去捡，被德青踢开。他自己一根根地捡起来，抱在手里。仿佛这是他独有的权利。等到德青的怀里抱满了，他爹的背也就空了。失去负担的爹像猴子一样轻轻松松地蹦跳着，消失在回家的路上。

德青抱着一堆柴枝，举步维艰，终于坚持不住让它们全掉下去。他喝令那些小孩：“你们每人都给我抱上一点。”这样问题才算解决。队伍重新出发时雄赳赳气昂昂，在德青“一二一、一二一”的口令指挥下，翻过第三座山丘，行走到通往家门口的直道。大踏步地走了一阵，德青似乎是想到什么，抬起腿就跑。那些小孩子跟着也跑起来。当德青跳进自己家的门槛时，发现堂屋那盏三十瓦的灯泡正将姐姐悲伤的身影在墙上投放得巨大。德青的娘一动不动，像根木头一样坐在一旁。在她们眼前是笔直躺在门板上的爹。爹双眼紧闭，嘴巴张开，露出牙齿。一双手垂下。已经死了。德青看表，是七点零一分。他想自己应该是在哪个环节耽误了一下，才错过了送终的时刻。

优惠券 2009年2月24日

大概是二〇〇四年，我所在的单位《南方体育报》形势不好，为了激励士气，组织大家去深圳观澜湖高尔夫球场开会。也就是在那里，我第一次近距离看到富裕阶层的休闲场所和生活方式。我记得自己在使用那些过于阔气的餐具和餐巾时，几乎要屏住呼吸。还在房间里，我就看见阳光下的游泳池，碧绿色的水面一晃一晃。我脱得只剩内裤，毕恭毕敬地走过去，被保安劝阻住。我问要怎样啊，他说必须穿泳裤。我没敢看已经浸在泳池里的男女同事，脸色发红，退回到房间。在那里我十分思念暗街陋巷的小吃店以及将鼻涕擦在袖子上的服务员。

这座球场在整个亚洲都算顶尖。低矮的山丘除开种有几棵树外，生长的全是娇贵、纤细、一般高的草。视线接触上它们会倍感舒适。可是我也知道，以我目前的穿着打扮，是没办法踏进它的。那天大多数时间，我都像囚犯，待在酒店房间里，看着窗外。直到雨斜着飘进球场，夜色渐浓。我以为黑夜将吞没一切，却不料球场的大功率探照灯嘭嘭地打开，将球场照得比白天还要亮。雨水闪闪发亮，落在草坪上，被那些张开大嘴的绿草饱食而去。

我以为这里会一直没人，直到灯光熄灭。但就在我产生这种想法的同时，一位先生（他戴红色球帽，穿黄色衬衣、白色长裤，着黑色皮鞋）提着球杆，走进视线。有人给他撑着伞，撑伞者的后背被淋湿了。在他们身后还跟着一名球童。他们在倾斜的雨丝的干扰下，寻觅隐藏在草地里的一只球。一度团团转。后来，先生做了一个挥臂的手势，这意味着像丸药一样大的球找到了。然后，撑伞者向后退去。就在退去的瞬间，雨水就浇泼到先生身上，使他变得像只落汤鸡。这并不妨碍先生的兴致。他庄重地举起球杆，重重击向被放在地面的白色小球。一道模糊的光飞走。然后撑伞的助理跑过来。他们背上球包，朝球飞落的方向走去，直到走出我的视线。

我在寂寞的房间里想，今天是某年某月某日，谁谁诞辰多少周年了，谁谁死去多少月了，谁谁结婚多少天了，同时它也是一张优惠券即将到期的日子。这位先生在整理打折卡、优惠卡、招待券和兑奖券时发现这张免费高尔夫体验券就要到期了，匆匆赶来。不巧的是，观澜湖阵雨。

当然这只是我的想象。有时富人之脾性实难预料。

末端理论 2009年2月16日

发明了一个词“末端理论”来解释自己恋爱的不顺利。每个人择偶都有心理要求，你从自己出发，对对方有一个评判，对方对你亦然。然而多数时候，我们看见的只是自己的这一面。我和M的认识归根结底是一次错误。我一度表现出一种假象（这种假象就是我自己也没察觉到），以致自己处于她择偶顺位靠前的位置。当假象一去不返地离开我，我一下掉到末位。我并不清楚，因而非常难理解她的不辞而别。

我记得自己曾经只爱过一个人的风衣。在乡下，这件风衣代表远方的城市。风衣是一种假象。人不再穿它，就降为凡人。被M甩掉之后，我曾在借住地的阳台收衣服。因为晾衣绳架设太高，我取来凳子，踩上去。那一刻，我俯视到楼下的地面。从它那里传来引诱的声音：“来吧，朋友，来，试试看。”也许是因为害怕摔死在楼下促使我有了这种想象，也许是因为想升华自己的爱情。我是战栗着迈下凳子的。我的两只小腿肚像抽筋一样紧绷绷的。心里也发虚。回到房间，我躺倒在床上，久久沉浸在一种已经为爱情献过身的悲壮感中。

失业 2009年2月16日

事实降临时，人像鱼被抛上岸，弹跳几下，明白了，开始绝望。有一笔孤零零的钱，用一天少一天。不知为什么去按摩，也许是路过那里，拦截的女子口中的话形成了一种命令。在阴暗的房间里，他顺从地由人摆布。出来时，并不知道得到什么，或者失去什么。失业这种事实对自己构成的压迫并没有得到任何减轻。

友谊的诞生 2009年2月16日

在梦里我是卑微的执法者，不能放走违法的车辆，存在着被别人报复的风险。很多次，我都像是弱小的羔羊，壮着胆子去向豺狼虎豹一样的对象执法。有一次，我扣下一名体形巨大的司机的车辆。他给我打烟，暗示会给我某些好处。在被拒绝后，他气急败坏地离开。我想他之所以没有撕了我，是因为在我身后有着严酷的法律和万千同事吧。

那辆车停在院子里，他一直没有来。因为过于风平浪静，我有些不安。后来，我是主动找到他的。他的眼睛充满警惕。他不知道我的用意，似乎准备鱼死网破。我伪装傲慢地将车钥匙丢给他，说你自己去开走吧。他过了好久才反应过来，笑容在他脸上极大地打开。他过来拍打我的胳膊，和我拥抱，并对我耳语："哥呀，哥，你真是疼我这个老弟。"

他这样说，我心里很开心。这意味着，我得到了一份友谊，他也得到了。对双方来说，这是最完美的结局。

* 2008 *

性感区 2008年12月15日

偶然闯入一家艺术网站，看到一些标准的美人。我尝试来总结性感：

——微微上翘的嘴唇，涂了一点唇膏，有反光效果；

——即使刮干净腋毛，也不将腋下展示出来；

——和瓷器一样光滑并且洁白的皮肤；

——拳曲、柔滑、棕黄色的长发；

——无论是人工的还是天然的睫毛；

——鼓胀的乳房，里边的静脉若隐若现；

——微微鼓起的腹部（而不是平整的）；

——头发或衣服淋过水。是从浴室而不是雨中出来，从浴室出来带着新鲜的蒸汽；

——比例协调的丰腴；

——乳沟；

——凹陷的肚脐；

——涣散的眼神（绝不凌厉的眼神）；

——不显现骨盆的形状；

——不轻易展现自己的性器，特别是在白炽灯下；

——浅色的窄小内裤；

——不那么喧宾夺主的内衣（比如那种让人想到哥特式建筑或者“福”字春联的胸罩）；

——不背身对人跪着；

——劈开大腿时需慎重，效果可能惊悚；

——害怕：上身穿得很多，下身不着片缕；

——和嘴唇一样微微翘起的乳头；

——带有一点褶皱的、柔软的睡袍；

——露齿笑时，舌头抵着下唇。但不适合成熟的人；

——害怕：带有科幻色彩的蓝色光线、布景，以及眼影厚重的冷艳造型。

卫生 2008年12月15日

一个人向垃圾筒里吐痰。但垃圾筒不在原先位置，等反应过来时，痰已在半空。他伸手接住。

温暖 2008年12月15日

有一个男人自恃孔武有力，时常欺压同事。有时为缓解自己的孤独处境，会扯着别人讲并不好笑的笑话。没人愿意理他。他妻子喜欢进钱，不喜欢出钱，看到什么便宜都要占，占不了就偷。他们住在市郊最远的地方，坐公交车来上班，又坐公交车回去。

一个夜晚，上帝也许是喝醉了酒，来到人间，不时将脚踩向城市。碎裂的钢筋水泥夹杂着人类的血水从他趾间溢出来。没人能阻拦他的暴行，眼瞧着他将整座城市夷为平地。前边只剩下城市最边远角落的一幢楼房。上帝蹲在那，看着这最后一件玩物，将里边的人慢慢捉出来，甩往空中。很快只剩最后一个房间。它拉着严密的窗帘，从里边传来男人的鼾声。一个女人趴在男人身上睡得很香。上帝放过他们，带着满足的心态走了。

清晨，妻子拉开窗帘，对着床上的丈夫说："世界变成了废墟，老公你快来看。"

那男人跑过来，将下颌搭在她的肩窝，一只手伸进她睡袍里暖烘烘的内裤。

后卫 2008年12月15日

周日看皇马战巴萨。最后关头，巴萨一比〇领先，这时巴萨又打反击，亨利从右路将球直塞入禁区（它越过了皇马后卫卡纳瓦罗），令左路插上的梅西形成单刀。皇马门将卡西利亚斯倒地滑冲出来，试图阻止射门。我不知道卡西利亚斯有没有碰到球，总之，在梅西挑射之后，皮球飞出一道诡异的弧线，掉进球门。然后镜头跟着展开双臂庆祝的梅西，一直跟着他冲向场边，被队友团团围住。

电光石火间，我只看到这么多。

接着我看到禁区内躺着一名痛苦的皇马队员。梅西和队友还在庆祝呢，对这个人来说是莫大的讽刺。待他起身，我才知道是卡纳瓦罗。他为什么躺着呢？后来电视放慢镜头，我才看到事情的另一面。我尝试描述如下：最后关头，巴萨一比〇领先，这时巴萨又打反击，亨利从右路将球从卡纳瓦罗身后传入禁区，令左路插上的梅西形成单刀。卡西利亚斯预测出梅西的射门方式，冲出来封堵。卡纳瓦罗也预测出来，高速冲向门前。他想，卡西利亚斯如果不能封堵住射门，他还可以在门前挡上一脚。镜头显示他一边朝大门高速奔跑，一边关注梅西这边的情况。梅西非常冷静地选择了一个挑射，这让卡西利亚斯的封堵失去意义，同时也扰乱了卡纳瓦罗的计划。皮球飞出一道弧线，冲进球网。紧急调整中的卡纳瓦罗将自己向空中扔去，脚尖虽然碰到皮球，还是无法改变进球的结局。然后他的身体从侧面撞向门框，人也像袋水泥坠落在门前。

这是我第一次认识到卡纳瓦罗的优秀。

尴尬 2008年10月19日

看《星光大道》，这期是模仿秀。群众有四位，分别模仿古巨基、蔡明、童自荣、温兆伦。他们没有姓名，只有代号“1”“2”“3”“4”。“1”本来不知道自己像古巨基，是理发师说像的，并且后者替他理了一个古巨基的标准发型。“4”也不知道自己像温兆伦。一天温兆伦去他们县开演唱会，他在看海报时，被人错认为温兆伦，引发一片惊呼。“4”比“1”聪明的是，他在节目里介绍了自家种的五彩红薯。是为配合奥运会在北京举办而培育的。这相当于做了好多万元的广告。

模仿秀演员的悲剧性在于，他们长时间地让出了自己的身体甚至是灵魂。现在，他们怯生生地看着伴舞女郎和强力灯光，来到舞台中心。起初的表演略显生涩和僵硬，随后，像是坚定了信心，他们以比真身还用力的姿态做起动作来。摄影机不时转向观众席，捕捉观众喜闻乐见、啧啧称赞的表情。同样的观众，见到真的偶像时可能会像看恐怖片一样发出惊恐的喊叫，甚至会昏厥，但在看见这些赝品时，摆出的则是人类欣赏猴子的雅兴（心里或许在说“妙哉妙哉”）。

“1”和“4”这两名来自小城的演员后来沉浸在旋律中，融入自己所要扮演的角色中。有那么一刻，可能连他们自己也以为自己是古巨基和温兆伦了。但是摄像机太不留情，它拉了个近景，就使人看见他们衣服上别的硕大的号码牌。

“3”是四名演员中致幻感最弱的一名。他知道自己是谁，在干吗。他的神态和动作都有些轻佻。模仿童自荣，对他来说，就和模仿鸟儿叫一样。但是最占便宜的也是他。因为童自荣本人作为评委就在现场。童一直给他加分。这无疑是出于私心。使这样一种私心变得合法和正义的是童先生对配音工作的忧虑。童对着“3”说出“后继有人”这样极高的评语，呼吁更多人投身到日见衰微的配音工作中。剩余的评委嘻嘻哈哈，一看就是见多识广，只有深居简出的童老师一本正经，一直在做忧心忡忡的演讲。我通过报纸知道，高寿的童先生因为单位的事受了不少委屈。我的一位武汉朋友王衡在看到这则报道后，非常愤怒，觉得是整个社会背弃了童自荣。

米兰·昆德拉的小说《慢》提到一名捷克科学家去西方参加科学会议。他本来要就“布拉格苍蝇”的研究做专业发言，但在“抵达发言台的二十秒钟内”，“一件不期然的事发生在他身上”。他改和与会者分享了他所在国家的糟糕现实。他含泪的控诉诱使那些西方同行（不得不）鼓起掌来。

死亡 2008年10月19日

最近死了一人，我只认识名字，是同行。说是自杀。尸体从护城河捞上来，随后被悄无声息地火化。但后来关于她的报道却多起来，报纸、网站蜂拥而上，用的化名要么王芳要么李雯，在新浪社会新闻版一度爬到二条。

热闹是因为某晚报最先报道时，称死者被打捞上来时双手是被捆绑的。这个细节带来“自杀还是他杀”的疑问。另有传言称她丈夫不忠。虽然晚报出来更正，称捆绑细节并不真实，但悬疑已种在人们内心。

倘若没有这则真假不辨的消息，也没有丈夫不忠的传言，她死了，将会怎样？我想到刮过荒原的一阵风。是社会新闻，仅仅是社会新闻使她立体化、具体化。对在进步的道路上一刻也不停歇的城市来说，死一个人和扔一袋垃圾有什么区别？

梦里的哭泣 2008年10月19日

无疑是场噩梦。不知道是脑子搭错哪根筋，我答应回县城生活。是在县纪委谋到位置，说是三个月后正式调入。父亲的欢喜溢于言表，对我说："你总算回来了。"我的心却在家人亲热的看视下沉下去。好像北京永远地关上大门。县城那些过去的同事、朋友都来探望，说要得要得你回来要得。二〇〇二年我不打招呼逃出县城，这次他们一定会看死我。

"小艾，这次不跑吧？"

"不会，不会了。"

我说得眼泪出来了。

很快我在家里的床铺和单位的办公桌都安排好了，我看到它们，就像看到平稳而憋屈的一生。我把那个送我回县城的帝京姑娘带到下着雨的泥地里，操了半天。她就是平静地看着我，说别急别急。我说都什么时候了还不急。

后来送她走。火车站冷，大雪覆盖在铁轨上，一列火车喷着气，扑哧扑哧地驶来。我送她上车厢，一只脚站在踏板上，一只脚站在站台。我想是该继续逃走，还是留在县城，为此犹豫不决。火车猛然叫起来时，我醒了过来。后来看了好久房间，确信这里是北京，才安下心来。

叶公好龙　2008 年 10 月 8 日

这是个秋天的中午，我趿着拖鞋进卫生间。撒尿时，冷意捉着我光光的两腿攀缘而上，令我禁不住打了一个冷战。对着镜子打完哈欠，我看见自己的头发乱如鸟窠，胡子也很久没剃。在眼角那儿积留有眼眵。

刚才在梦里，我沿着左边的土道奔跑，一名穿着军绿色棉袄的小丑沿着右边的土道奔跑。两条道路夹着一排房屋。有时我看不见他，但能根据他发出的讨好的笑声知道他的位置。有时我跑到他的道上，发现他已经跑到我的道上。直到后来，他彻彻底底地消失了。在道路尽头，站着我温和的弟弟。他扛着一床毛毯，说："杜哥，你回来啦，和我一起去送葬吧。"我们便循着鞭炮声走向一个地方。在那里，小孩子们在人丛中钻来钻去。父亲看见我，迎过来，对着我一挑眉毛，说："你回来了啊？"

我和家人走进一间房屋，按照长幼秩序松散地坐好。从他们眼睛里放射出只有血亲之间才有的亲热的光芒。

姐姐说："你记得你同学邓空吗？"

我说："是邓昆。"

姐姐说："邓昆躲着去生了第二胎，罚款三四万。"

我说:“哦。”

姐姐说:“那李强呢?”

我说:“他怎么了?”

姐姐说:“没怎么。”

我说:“哦。”

姐姐说:“F女子呢?”

我微微颤抖起来。这个秘密我向他们隐藏了十三年,原来他们早已知道。

我冷漠地说:“她怎么了?”

姐姐说:“她在广东、福建、武汉转了一圈,因为诈骗被关起来了。”

我说:“然后呢?”

姐姐说:“没有了。因为诈骗被关起来了。”

姐姐的口气流露出“算了”的意思——弟啊,算了,你看人家都坐牢了。我忽然想到邓昆和李强两人,不过是他们提及F之前所做的铺垫。现在图穷匕见了,他们在等我的反应。

我带着嘲讽的姿态说:“呵呵,因为诈骗被关起来了。”

他们笑起来,我也跟着笑起来。然后他们说别的事去了。我的这个态度,似乎表明我已经从一场漫长的暗恋中走出来了。他们说话时,我的内心正陷入一场争执。我是应该去探视她,还是不必。虽然她从不理我，但毕竟我对她保持热爱。现在她出事了，我待在这里，从道义上说得过去吗？

后来，叫东风的堂弟跑进房间，说："柱哥，你回来了？"

我点点头。

东风说："你知道F女子的事吗？"

我说："知道，坐牢了。"

东风说："还有，判了死刑呢。"

我说："哦。"

东风说："我听说，有一天她想诱使看守员将自己弄怀孕。"

我说："怀孕了就不用判死刑了。"

东风说："她还将衣服挂在格栅上。"

我说："可能是要上吊自杀吧。东风啊，我是喜欢过她，喜欢了一段时间，后来算了。"

东风说："那是。"

我说："后来就不喜欢了。"

东风走后，我看着一本脱页的书，每行都是对话。我在梦里想着她引诱看守员的事，对自己说："这意味着她仍然有资本呢。"

少年（毕生之始） 2008年10月1日

1

奶奶从厕所颤颤巍巍地走出来，上水泥台阶时双手扶膝，用了很大劲才迈上来。这么一路摇晃，快走到家时，开始“嗯、嗯、嗯”地哼起来。我搬开凳子，背对着她，继续做作业。只听奶奶在诉苦：“又屙了好多血。”然后她走进被阴影遮住的房间，徒劳地哼上一阵，睡着了。

2

在我所住的医药公司宿舍对面，是粮食局宿舍。他们的宿舍是两层，红砖建成。在他们的玻璃窗上贴满报纸。只有一间房悬挂着粉红色的窗帘。在我第一次看见它被拉上后，就永远地悬挂在那里，再也没有拉开。是一双警惕的男人的手，一抖，一拉，窗帘就拉上了。甚至能听见“哗”的一声巨响。新娘子脱外套的景象倏忽不见。我什么也没看见，又像什么都看见了。我想，关上窗帘后，这个男人就要像剥刚煮熟的鸡蛋一样，耐心地剥他妻子的衣裳了。

此后，我只要是在门前做作业，都会抬眼望一下那间房。

3

隔壁小女孩匆匆跑出来，跑到门前菜地，麻利地脱下裤子，哗哗地撒起尿来。她的奶奶走出来，指着她的背影说："杀千刀的。"她的奶奶过来望了望我家，从我家深处传来一句话："又屙了好多血。"

"咳呀。"她的奶奶故作吃惊地说，走进我家。

小女孩提起裤子后，擦了擦鼻子，从菜地里找出一堆石子。回到水泥过道上，一个人玩起来。这是个仅用右手完成的游戏，先朝空中抛起一粒石子，然后迅速将地上的一粒石子抹进掌心，再接住从空中掉下来的那粒石子。这样成功之后，地上就放两粒石子。然后是三粒、四粒。风吹起她的头发。她的脸很快变成紫色。她吸了下鼻子，没吸好，就用手背去擦。

4

寒风把我的尿意吹出来了。我走到西侧的公共厕所。一进去，就被浓郁的臭气包围了。我看见身高一米八、说普通话的H伯。他像巨人蹲在那儿，双手展开一张《参考消息》认真地阅读。在我即将离开时，他把报纸翻过来，读另一面。

5

回到房间时，奶奶已经坐在绛红色的旧沙发上吃橘子。奶奶递过来一个，说："好甜的。"我说："不吃。"我把黑色的布鞋脱下来，换上回力鞋。奶奶说："你要出去吗？这么冷。"

鞋有些小，脚趾塞得有些痛。奶奶说："你要出去吗？天这么冷。"

我直接走出门，走过这一排平房的转角处，快要走到通往建设路的坡道时，听见奶奶着急的呼喊声。我站住，看着她费力地迈着小脚，走过来，给我披上一件我父亲的西服。我说不要。奶奶说："怎么不要呢，天这么冷。"

我穿着这件巨大而滑稽的西服走上坡道。从这件皱巴巴的青色西服上，飘出一股肥皂味。

6

昨天我已经去过腊油家了。昨天到达时，他家门上挂着一把永固锁。今天我重燃希望。他去襄樊那么久了，应该回来了。我走进小巷时，石棉瓦和鸡埘还是昨日的模样。从鸡埘里传出一两声懒散的鸣叫。门上还是挂着锁。

可是在我疲乏而绝望地走出巷子时，腊油又出现了。从他肥胖的脸上闪出笑容来。他亲热地喊："崽呀。"他这么一喊，我的眼泪都快出来了。

我说："有没有给老子带礼物啊？"

腊油说："你以为你做官啊。"

我说："襄樊好玩吗？"

腊油说："不就那样。"

我说："我俩去玩吧。"

腊油说："天这么冷，玩什么呢？"

我说："你想啊。"

腊油说："我想不出来。"

7

我和腊油去了血防站，他姐夫在那有一间宿舍，一直空着。我在房间的书架上翻来翻去，手上沾满灰尘。大多数是文件，没什么好玩的书。腊油笔直躺在暗蓝色的被子上，看着天花板发呆。我说："什么东西也没有。"

腊油说："是什么都没有，你又不信。"

风开始扑打着窗玻璃，我走到窗口，说："要不叫埃尔克拉夫一起来玩吧。"

腊油说："玩什么呢？"

我说："不知道。"

腊油说："又不知道玩什么，要叫你去叫。"

我走回到床边，傻坐着。这时腊油从枕头下取出一本《今古传奇》，丢过来。我拍打了下灰尘。这是一本十六开、页面泛黄的杂志。我翻翻，找到一篇读下去。说是有一名得了天花的旷夫，满脸的麻子，人称麻脸官。一直没有女人缘。后来有一名道士可怜他，指点他去一个地方。在那里，麻脸官看见一名寡妇带着四个女儿。现在记起来，好像叫春桃、夏荷、秋菊、冬梅，一个比一个漂亮。

我说："这么好的东西你不早给我读。"

腊油已经睡着了，他的眼皮没有闭严，露出一道眼白。我咽下口水，继续往下读。麻脸官先是和春桃行房。接下来，夏荷、秋菊、冬梅也要和他行房。事毕，女孩们就问："还想不想？"麻脸官匆忙点头。可是逐渐就有心无力了。开始时觉得非常愉悦的事，也逐渐变成苦不堪言的任务。麻脸官本来和腊油一样胖，至此面色惨白，弯腰曲背，变成一名病夫了。那家人非但不出手相救，还每天催债一样地逼着他性交。麻脸官因此奄奄一息。濒死时见到道士。道士说："色字头上一把刀，当初点拨给你听，你不听。"后来人家把麻脸官丢进荒坟堆里，听任他死亡了。

8

埃尔克拉夫是自己找上门来的。他和我一样，在书架上翻了一遍，什么也没翻出来。埃尔克拉夫骂："妈的瘪，腊油，你跟我说你家有本《赤脚医生读本》的。"腊油说："跟你说了，早借走了，有东西我还不给你看？"埃尔克拉夫扑上去掐腊油，两人在床上翻来滚去。从腊油嘴里冒出一句话来："没什么好看的，就是那么回事。"

他这么一说，我和埃尔克拉夫都明白了：东西还在。我们便去床底和橱柜翻。翻了很久，一无所获。埃尔克拉夫说："腊油你记得，你这个崽，你对兄弟不仁义。"

腊油说："不能怪我，我也没办法。"

埃尔克拉夫说："那你借谁了嘛。"

腊油说："不告诉你。"

腊油这样说时神情里显现出一种娇态。我和埃尔克拉夫双双软将下来，"我的好腊油我的亲腊油"那样地哄他。到后来，腊油说："你们千万别告诉我爸妈。"我们当然答应了。腊油就将抽屉一格格卸下，从床头柜深处掏出一本青灰色的书来。

埃尔克拉夫睁大眼睛翻，翻来翻去净是些心肺的图示，就说："腊油，在哪里啊？"

腊油只一下，就翻到那一页。在那里，赫然画着一幅女性生殖器图。有很多线指点着：1. 大阴唇；2. 小阴唇；3. 阴蒂；4. 会阴；……像是扎满了针灸。

埃尔克拉夫说："真丑。"

9

二中后面的足球场，半边已长满野草，另外半边是黄土，三根圆木钉成的球门早已朽烂。我们赶到时，飓风队已经在那里训练。飓风队的人比我们大一至三岁，是我们的学长。他们有取代黑魔队成为县城足坛霸主的趋势。论球技，我们给他们提鞋都不配。也因此，当我们仨发现飓风队已经在这里训练时，几乎都丧气了。

我们无聊地把球传过来传过去。后来不知道谁，把球给不小心踢远了。

埃尔克拉夫对腊油说："你去捡。"

腊油对我说："你去。"

捡到球后，我一个人对着围墙踢起来。风将我的头发和衣服向后吹去，显现出我前胸的轮廓。他们俩坐下去，缩拢身体看飓风队训练。飓风队每个人汗如雨下。埃尔克拉夫说："妈的瘪，太冷了。"

腊油说："又不是我要来踢的。"

我比他们还感觉扫兴。我将足球踢到腊油背上，腊油没有反应。足球自己滚到一边。我也坐下来，将手插进西服的袖内，心怀嫉妒地看着那些高年级同学。看了很久，埃尔克拉夫说：“数学老师没有怪你吧？”

我说：“没有。她还在作业本上给我留言，叫我好好学习。”

数学老师据说有妇科病，眉毛已经掉光，脸上有一种让人不安的虚肿。上周我放学时将球踢向学校围墙，恰好她慢跑着经过。球不偏不倚，跑到她两腿之间。她“扑通”一声，非常凄惨地扑倒在地。我当时就跑了。跑了一会儿无法忍受自责，就走回到她那儿。

我说：“没事吧，张老师？”

张老师先是跪起来，接着抬起一条腿，休息了一会儿，再完全站起来。她弓着腰站在那里，喘息良久，才像诗朗诵那样朗声说：“没事的，没事的。”

埃尔克拉夫站起来后，腊油也站起来，我跟着站起来。我们走了。

10

午饭吃的是泡饭，有些饭团还没化，汤水上漂着葱末、油腥。爸爸喝一口，去夹花生米。夹一颗吃，又夹一颗，一连夹了一二十颗。我听过爸爸有一次笑也是如此，一直不见尽止。让人不安。奶奶这时说：“今昼我又屙了好多血。”

爸爸皱起眉头说："莫吃橘子咯，你总是吃橘子。"

我非常拘谨。要等到爸爸吃好饭放下筷子，我才敢离席。这中间会有些简短的对话。

爸爸说："作业做了吗？"

我说："做了。"

爸爸吃完饭找到竹竿，捅开屋前天花板，看了眼里边藏着的鞭炮、香烟，然后又小心地松下竹竿，让天花板合上。奶奶走过来扯他衣袖，说："我一天到黑都在这里看着的，有什么事。"爸爸"嗯"了一声就走了。然后奶奶又过来扯我衣袖，小声说："我真造孽啊，你妈真不是个东西。"

11

我睡醒后，已经是半下午了。我的头昏昏沉沉，想继续躺着，实在是躺乏了，想起来，又觉得哪里都不能去。墙上的钟，秒针无情地走着，让人焦躁不安。许久，我才翻下沙发，到后面厨房就着水龙头洗漱。刷牙刷到满嘴是泡沫了，就含一口水，对着生锈的水管猛然一喷。后来，走到门前，我看见有副人力板车的轮子，想到举重冠军何灼强，吸口气，提起轮轴，举到脖颈处，再挺举上去。有一次，隔壁的杨公看见我举起来，称赞我是李元霸。但今天，缺乏这样一个路过的观众。放下轮子，我只能坐在板凳上发呆。

我想，相对我这样孤独无聊的生活，埃尔克拉夫是何等快活。他认识一些在街道上混的人，会抽烟，也能凭恃脸皮厚和女生搭话。这时他应该在家甩扑克吧，或者拿着掌上机玩搭积木的游戏，也许还会召集女生在家里嗑瓜子，丑是丑了点。

我这就应该去找他。

12

我没别的人可找了。

埃尔克拉夫住在煤炭公司宿舍。煤炭公司里，水泥路、电线杆、库房和人力板车都是黑色的。风吹过时，扬起的煤灰就会迷人的眼。我沿着坡道走上去，看见坡顶有张木制的排椅，掉了漆，被人坐得光溜溜的。我走上通往埃尔克拉夫家的楼梯时，好像听见楼道深处飘来淫荡的笑声。埃尔克拉夫或许正像纣王，和众妃嫔玩酒池肉林的游戏。埃尔克拉夫说："大不大？"众人答："大。"埃尔克拉夫说："饿不饿？"众人答："饿。"埃尔克拉夫就说："饿就吃些水果吧。"

我走进廊道，瞧见风将他家的纱门吹开，"啪"地响了一声。我走过去，发现木门虚掩着。我推开它，让光线照进他家光滑的水泥地面。埃尔克拉夫和他弟弟蜷缩在皱巴巴的被窝里。

我闻到一股很难闻的臭气。

我叫道:“埃尔克拉夫，埃尔克拉夫。”

埃尔克拉夫擦了好一会儿眼眵，才打开了眼睛。他说:“做什么？睡觉呢。”我也不知道说什么。埃尔克拉夫咕哝着，张开双腿又睡过去了。这时风从门口灌进来。埃尔克拉夫把被子一抖，说:“崽啊，你就连门也不给老子关一下。”这时我清清楚楚地看见，在光滑的水泥地，有一截报纸在飞，却怎么也飞不起来。好像是鸟的身子被粘在地面，翅膀只能徒劳地扇动。有一坨屎粘着报纸。毫无疑问，不是埃尔克拉夫，就是埃尔克拉夫的弟弟，将屎拉在屋里了。

13

我在煤炭公司的排椅上坐了很久。我让残忍的风从西服宽大的袖口钻进去，像搜刮什么一样，搜遍我全身。我觉得人生简直难以坚持下去。我当时只有十三岁，或十四岁。我还要往下活六十七年或者六十六年。

比较 2008 年 9 月 20 日

在饭店等号，看见一伙人围着一名绿衣女子奉承。别人说十句，她大概回上一句。但在一名红衣女子路过后，局面生变，大家的眼睛齐刷刷地看过去。那真是罕见的美人啊。那个美人拖拽着大家的心，扭腰向卫生间走去。

好一会儿，穿绿衣的女子才跟着大家回过头来。但还是不放心地朝卫生间望了一眼。现在她的眼神是如此失落，好像街道上的棋王遇见真正的棋圣。她的嘴唇轻快地说了一些话，充满诋毁和不屑（比如“有什么了不起啊”）。她一定要找到对方一两个缺点。我还知道，这一两个缺点并不能让她恢复自信。她终归是被镇压了。今天，她将很难睡着。

四百元　2008年9月18日

人物：奶奶，姐姐，我。

道具：一列从县城到北京的火车。

事情：姐姐下火车后，无意中说到奶奶老得不行了，糊涂了。我说奶奶多老了。“八十七岁。”姐姐说。接着她捂着嘴笑了，说：“奶奶说，你到北京后跟老柱说，我有四百块，老柱两百，你哥两百。”

权力 2008年8月4日

夏天，傍晚，老人们摇着扇，坐在小区门口，目光尾随着我。他们手臂上佩戴着志愿者袖箍。以前佩戴的是巡逻、协管的袖箍。总之，每隔一段时间，权力就会来到他们身上。很多小偷就是落在这些阿姨手上。把权力给没有权力的人，会使权力得到充分、细致的运用，就不用担心它会被浪费了。我有位同学在车站做临时工，也穿着制服。我想他不仅仅是要挣那微薄的薪水吧，可能也是想提醒自己，自己是这个小城众多管理者之一。

小时候，我被人管理时，心里生气，就会做梦，梦见自己在管理对方。

有些戏曲，沉冤得雪，并非因为法律、皇帝或包青天，而是因为自己的儿子或女婿中榜，走上了仕途。权力实在是人长得顺眼的保证。我以前做公务员，见到官员过来，仿佛见到血亲。嘴里总是有冲动，要向他汇报这汇报那，以换取他一个许可的笑容。

剽窃 2008年8月1日

异族丢下火把，烧毁宫殿、民舍和书籍，致使现在的我们不信历史上还曾存在过这样一个王朝。郑州大学教授方舟在河南、山西等地采集民间故事和戏曲材料，凡二十年只得出将信将疑的结论，研究的突破取决于桥梁工程总公司工程队的一次挖掘。从泥土里发现一卷记录陈太宗在位时事迹的残书，短命的陈朝水落石出。

这本实录大部分缺失，不过残留的部分恰好完整反映出一位忠臣的事迹。

用今天的语言讲述，大致如下：

> 太宗永光三年，九月壬申，少保曹祥基骑马，独自去往日的战场巡视。地面只剩几根折断并已朽烂的枪杆。因为他的仔细和善战，外族已经很久不敢言战了。回来时，他看见营帐上方有钦差的旗在飘荡。他想到等待自己的两种结局：一是皇帝将表彰他；一是要处置他，甚至是处死。第一种简直是奢望，第二种符合历史规律。
>
> 少保瞧不上宫中的宦官。他们和军官将帅不同，军官

将帅一句话没说好，就会触怒龙颜，导致九族被诛。他们一句话没说好，还可以说第二句、第三句。这后来的话像是砂纸，将原来冒失的地方磨得平整光滑，使皇帝通体舒坦。宦官们有的是时间和机会垄断上听。想到这里，少保内心越发悲凉，最后的一段路程他没有挥鞭，而是任由马将自己驮着慢慢走。少保感觉有如行走在梦中。直到一辆黑色、巨大的囚车清清楚楚地出现在他的视线中。

后来，在宦官展开圣旨、朗声宣读时，先锋官怒不可遏，起身要去抢夺圣旨。跪在地上的少保拖动双膝，大叫“不可”。先锋官泪如雨下，展开双臂朝着上天说：“十年功业，废于一旦，请将军三思。”一时间众将士都跟着喊：“将军三思啊。”少保却伸出双手，任由差人将自己锁进囚车。众人对着囚车磕头不止时，少保说：“你们退了吧。”囚车要往前走，军卒又扛来一坛酒，一个个上来敬。少保只好舔上几口。宦官瞧着差不多了，催促出发。于是少保断然拒绝人们的敬酒。一时间士卒抱头痛哭。

随后，囚车在行进时又被沿途百姓拦截。他们好比是祭神一样祭拜少保。等到夕阳西下，人群散尽，宦官又看到，附近山上原有的大片花朵突然掉下茎秆。宦官举起马鞭，狠狠抽打起少保那被迫仰着的脸庞。

少保说："我有什么罪，让你如此对待？"

宦官说："有人告公造反。"

押送的队伍走进夜色并且离边关越来越远后，宦官猖狂起来。他直呼少保的名字（"你这个姓曹的"），又是揉捻少保的卵袋，又是搔少保的胳肢窝，可以说不成体统到了极点。少保无奈咆哮不止。宦官恐吓他说："你要是再喊，我就捏碎你的卵子。"

少保发出感叹，说："我本来就是要被杀的。我知道。"

宦官说："你既然知道，还要在这条路上死不悔改地走下去。你们这些人，总是以为自己了不起。我就不明白了，支撑你这样走下去的理由是什么？"

少保说："是在历史典籍上的名声。现在我受制于你，受你欺辱。但在我死后，你却注定要跪在我面前。我的庙立在哪儿，你的铜像就要跟着跪到哪儿。我流芳百世，你遗臭万年。一定是这样的。我会拥有一个伟大的谥号，会反复出现在歌谣、戏剧和小说中，为人所传唱。甚至成为人们行为的表率。"

囚车抵达帝京后，太宗下旨鞫讯少保。宦官让依附于自己的御史中丞主审。原以为会很快审理清楚，谁料御史中丞不能面对自己的良心，自缢身亡。宦官亲自主审，用尽酷刑，还是不能使少保招供。最后宦官只好强行让少保画押认罪。少保提笔写就：天日昭昭，天日昭昭。

十一月丁未，少保并自己九族被押赴刑场。当时天昏地暗，尘土飞扬，帝京内哭声此起彼伏。宦官的一名属员提着酒来给少保送行，哭泣以至于昏厥。宦官大怒，喝令抬走此人，谁料他苏醒后又来哭祭。宦官仓促下令，对少保实行腰斩。曹祥基服刑时，心肺间鼓噪不止，似乎怨气十足。这一天日食。

陈朝后帝陈高宗追谥曹祥基为肃国公，立庙，塑像，并且题诗：

御敌同戮日，灭胡百战时。

功高明主顾，心苦后人知。

这个记载证明了陈朝不是中国历史的例外。但是方舟说，还好历史有自我平反的机能。方舟另外采集到一些民间故事，体现了老百姓对陈朝这位少保的纪念。

可是疑问还是有。一是在民间传说里，将军姓丛，人称丛少保；一是发掘出的实录，并没有记载宦官的姓名。方舟认为，事迹“在传述过程中发生转变”是再正常不过的，由曹姓传唱为丛姓可以理解。史书不为宦官记录姓名也有道理。

挖掘工作逐渐深入后，又有一批书籍、器物出现。在日本国立国会图书馆调阅古籍资料后，新的疑问冒出来。有理由相信，陈朝只经历了两代皇帝，这位没有留下名字的宦官辅佐过陈太宗，又册立了陈高宗，并将陈高宗终生控制在手中，直至陈朝被灭。那么，在陈朝就完成的《陈太宗实录》，理应是要由该宦官过目的，那他怎能甘心如此丑化自己呢？方舟教授说，唯一的可能是，这名宦官就叫曹祥基。

创造 2008年6月26日

残雪说，因为写作，她三十岁之前的生命才获取了意义。这是理论性很强的话，却能从中读出画面感来。我想，如果不创造，自己以前的生涯就是一堆废塑料、一堆废羽毛、一堆废纸或者一堆腐土。创造者拥有隐秘的清高。

农夫耕完地，女人生完孩子，工匠做完瓷碗，就是生命延续的时刻，就是自由。

而约稿呢，在程序上看是种任务。编辑说，请你写一篇东西。作者说，要求是什么呢。写约稿总是让作者微微感到屈辱。一想到稿费，就会触发“为生计所迫”的辛酸。

另：今日看到一词——利己主义的愤怒者。这个词的好处是对一贯正确的愤怒进行了分类，使部分愤怒看起来不那么高尚，甚至讨嫌。

广告 2008年6月12日

坐地铁，有人看报，他看正面，我看反面。都是小广告，SPA水疗、干洗机、店面转让之类。有一条吸引了我，说的是“一人口臭，人人难受”。这八个字清楚明白地对口臭患者发出警告：别再自欺欺人了，你的嘴巴让大家掩鼻而走。

我记得尼尔·波兹曼在《童年的消逝》里论述过广告的这种伎俩：“像一切宗教寓言一样，它们提出罪恶的概念，暗示赎罪的方法，然后预示天堂显圣的远景。”[1]作者并且举例“衣领上的汗圈”。

我想到电视上播放的雕牌洗衣粉广告。我们首先看见轮子上的泥水甩到洁白干净的衣服上，使人不安。这时“牧师”郭冬临擎着洗衣粉过来说：“不用怕不用怕。”很快，经过雕牌洗衣粉洗涤的衣服重新变得洁白干净，甚至比以前任何时刻都要洁白干净。这一天，假如我是口臭患者，我看到报上的这条广告，一定会想到自己的社会处境。然后我就会被接下来的八个字诱惑：疗效显著，无效退款。

---

[1] 尼尔·波兹曼：《童年的消逝》，吴燕莛译，广西师范大学出版社，第154页。

谦卑的手 2008年5月17日

又在电视上看到农民，瘦，颧骨突出，脸上的皮肤绷得紧紧的，很光滑。目有精光，然而这双眼却躲躲闪闪。躲什么呢？摄像机。

第一次碰到照相机，他就这样躲闪；现在碰到摄像机，还是这样。这不是他经验世界里的东西，然而他对此又一知半解。因为一知半解而敬畏，害怕没照它的意思办。对有一定级别的官员来说，这些机器不过是顺从的仆人。官员在漆黑的镜头前长袖善舞，全身焕发出强烈的自信。他几乎是毫无商量地抓起农民的手，用力地握着，用力摇，然后才开始从脑海寻找词语。起先有些少，便“嗯嗯啊啊”地掩饰过去。等到词语汇聚成河、渐成澎湃之势时，他便从农民手中抽出手，将食指点向空中某处，和众人分享起他的看法来。

“你看啊——”，或者是，“我就说吧——”。

这时，我被农民悬在半空的那只手吓住。他不知是要把手指合拢握住，还是继续这样张开着。总是这样张开会很滑稽，然而不张开，万一官员在演讲完后又要过来握自己的手怎么办？岂非无礼？他权衡再三，还是让那只手张开着伸在半空。

这样稳当。

直到镜头跟着官员走了，农民才收回这只手，并用它抓了抓衣服下摆。

对这位农民来说，贷款是不是变得更容易不重要，孩子的学杂费是不是免除了不重要，救济款是不是拿到手也不重要；重要的是，他度过了这一刻。

务工人员　2008年5月9日

一家粥店。开在酒店式公寓底层。我推开门，听见所有的服务员冲我喊："欢迎光临。"我被领到一张桌旁。姑娘一边鞠躬一边问："想吃点什么好？"我点菜时，她执笔如秘书，殷勤地记录。随后她问："请问先生有没有什么忌口？"我不耐烦地说："没有。"她又鞠躬，说："洗洗。"她其实想说的是谢谢，就是普通话不标准。我想到，直到昨夜，她还睡在长途汽车里，朝北京城行进。每天有很多人，将行李拴在汽车车顶、塞到火车硬座下，或者堆在地铁车厢的车门旁，终于住进城市里一间狭小的合租房或者地下室。他们怯生生地和室友打招呼，说："大哥（姐），你是哪里人？"估计他们都被自己的普通话吓了一跳。"来，吃点我们家乡的枣子。"他们热情地翻开袋子。后来，在所有人睡着时，他们醒了。他们被上下铺、编织袋这样的东西弄得孤独，可又自豪于这孤独。明天早上醒来，他们看见的再也不是对面的青山。

一辆公交车行驶在地处太平洋西岸的一座城市的中心。乘客要么坐着，要么一只手抓紧拉手站立，一个个面无表情、拒人千里。“像是运送一车的兵马俑。”跟我讲这件事的太仓人这样形容。然后，在到达某个站点后，上来两名民工。他们先是合力搬上来一只鼓鼓囊囊的编织袋，很快又跑下去，搬上来另外一只。售票员和一位想必是认识的女乘客对望了一眼，会心一笑。太仓人说，她们之间虽然不说话，但意思很明显啦，就是：乡窝宁（乡下人）。

另一家粥店。它采用一种砂钵熬粥，待到煮沸时，钵体也就变得烫人。这时，服务员会用铁夹夹住钵沿，将粥送到餐桌上。这一天，我看见一名女服务员夹着一钵粥，碎步跑到我跟前。我被她脸上洋溢的开心的表情感染了。同时我也看到她同事眼中显露的忧虑。她们大概是看见日后，这欢快同时也不懂事的女孩失手，没有夹住砂钵，让它砸碎餐桌上的玻璃，同时滚烫的粥水也溅到顾客的裤子上。现在的顾客，受多媒体教育，一个个都是有极强的维权意识的。吃完粥后，我出门，看见附近餐馆的员工在做收工操。在店长带领下，服务员齐声喊：“一二三四，欢迎光临。”我在一家小超市拍电脑快照，这时看见刚才那送粥的女孩走来，掏出一元钱买冰棍。她靠在冰柜上，从各个方位看了一遍冰棍，然后慢条斯理地吃它。可谓用尽全部身心来吃了。实在是找不到比这更好吃的冰棍了。

一家面馆。有一位五十多岁的男子请朋友吃面，途中朋友要了一瓶啤酒，坚持要自己付这三元钱。男子和他争执很久，最后算了，说："你付就你付吧。"餐毕，男子掏出一百元埋单。收银员算账时将已收的三元啤酒钱又算进去了。这下有她好受的了。

"你他妈什么态度？"男子说，"说你呢，你他妈什么态度？"

店长走来，了解清楚后，匆忙补给男子三元。他将这三元钱丢在地上，继续对着收银员吼道："你他妈什么态度，你今天给我说清楚。"

"对不起。"收银员说。

"对不起没有用，今天这事没完。"男子说。随后他一拳拳砸着收银台的桌面。店长的眼泪都出来了，说："不收你钱了，一分钱也不收了。"

"你他妈什么意思？什么意思？说你呢。"男子说。

"我不做你生意了还不成了吗？"店长哭着说。

"什么叫不做？我天天都来吃，吃死你们。"男子说。

他的朋友过来解劝，这反而让他骂得更凶狠了。很多人过来围观，包括里间的厨师。也包括我。我想我真是没用。

光辉南里。我住的地方叫光辉里，送快递的人往往错送至光辉南里。最近看报，见到光辉南里小区五号楼二单元二〇九房发生事故，九死一伤，均为某房地产经济公司员工。细看，是因为长时间持续使用燃气热水器而导致一氧化碳中毒。我记得我们小区最近贴过告示，要提防煤气泄漏。

在报纸的报道里，我看见描写细致的地方。在受害者被送往医院时，目击者这样描述所见：

> 一人脸煞白，
>
> 一人脸发紫，
>
> 一人冒鼻血，
>
> 一人手乱颤。

再来引用这份报道的一段：有居民称，昨日上午，几名救援人员抬着死者下楼时，不慎撞到某间房的防盗门。该房的一名女住户与救援人员发生争执，并以自己的房门被撞坏为由要求索赔，“他们扣了一个救援人员在屋里，不给钱就不让出去”。楼内居民得知这一消息后，纷纷谴责该女住户在此关键时刻不顾大局。最终一名民警掏出五百元钱交给对方才了结此事。

迈克尔·杰克逊 2008年4月30日

一名非洲后裔，黑人，脸色显得比白人还白。鼻子就像是用橡皮泥捏的。关于他屡次整容的传言甚嚣尘上，在这些做的手术中，有些是为了使容貌更符合内心的期望，有些则只是为了应对整容失败本身。警察或许将在一个谁也预计不到的秋日，从深宅大院抬出他高大的尸体。

上帝在人间显过两次形。一次是在一八四二年的新大陆，人们追随、簇拥着英国来的小说家查尔斯·狄更斯，并且在他进入剧院后为他起立。尼尔·波兹曼在他的书《娱乐至死》里描画了这一景象。还有一次是在一九九二年的布拉勒斯特国家体育场，七万观众目睹神迹，向舞台中央的迈克尔·杰克逊伸出自己的手，并且发出歇斯底里的喊叫。

这是迈克尔·杰克逊“危险之旅”世界巡回演唱会的一站。我怀疑实际人数要超过官方后来公布的七万人。在我所观看的DVD里，从舞台望过去，延伸到远方，到处是人。人就像风吹拂的麦田，不时发出干渴的骚动。随着一阵神秘的噪声出现（这股噪声让我想到宇宙深处或者是峡谷间的风声），刺眼的白色烟雾弥漫向整个舞台，穿着银色铠甲的迈克尔·杰克逊从舞台地面猛然弹射出来。然后，他双臂弯曲，将握紧的双拳贴近两股。头则微微仰起，九十度转向右侧。就这样，他像是矗立在某个市政广场上的雕像一样，在舞台上一动不动地站着。那无数群众，几乎在他出现的同时失去理智，炸开锅般往前伸出手——就像是在大难之前挤向逃生的船只，或者有一万种毒品在脑海中爆炸。一种疯狂、可怕的激情在他们的身上出现。他们有的一次次向穿着红色上衣的安保人员发起冲击，试图去摸这非洲后裔的衣角。有的捂着自己的脸尽情哭泣。有的眼神里放射出极度的感觉不可思议的光芒，拼命尖叫。有的痉挛。更多的人挥臂呐喊，口哨声间杂其中。在人们的头顶上方聚集着一层气团，我怀疑是太多的人在呼喊，以致空气中出现了过量的口气。后来，一些人从混乱中醒过来，开始默契地呼喊他的名字。

迈克尔·杰克逊一直站在舞台边缘。阿道夫·希特勒或许还要用舌头和扩音器费心游说，迈克尔·杰克逊却只需要站着。两分钟后，他将扭过去的头猛然甩回来。稍微平静一点的人群再度狂乱起来。一些人开始出现昏厥。安保人员和警察艰难地将浑身是汗的他们传送出来，放进担架。我隔着电视屏幕看着这一切，心绪难平。我想如果我在现场，全身也会像过电一样吧。人们很难再经历这样的疯狂了，这样的疯狂差不多使人要撕裂自己。

在网上，有人说这次演唱会一共昏厥了五千人，有人说是两千人。有人说死亡接近十人。这些说法都不是确切信源说出来的，不足为信。

* 2007 *

贼城 2007年12月7日

我在这个梦里看见的是如此之多，我对它的记忆也是如此清晰：

天边悬浮着一大片红云，夜晚就要降临了。我和女孩穿着买来的少数民族衣服，走上颤颤晃晃的吊桥。我们穿着白靴子。吊桥那头有座木制的哨楼，一伙喽啰簇拥着他们的寨主。寨主用右手的三根指头捏着粗硬的八字胡，微微仰头，看着自欺欺人朝前走的我，以及女孩。我感觉自己哪里都在发抖。我指望着能在这恶人的注视下平平安安地穿过木楼，什么也不发生。然后我就可以和她击掌，说“好险好险”。

我和她相识于一天前，并且发生了关系。然后我们决定用一次远足来延续和巩固彼此的关系。一路上她都抓着我的手，生怕被弄丢了。我真是爱她啊，她的眼睛是如此明亮。可是，当寨主欠身要站起来时，女孩的手就毫不犹豫地逃开。她几乎是蹦跳着跑过去，将头贴在他的胸膛上。当他仰躺在太师椅上并且解开裤裆时，她低下头，为他吮阳。在这过程中，她还瞧了瞧我。寨主依然轻蔑地看着我。

我想夺门而去。梦中果然多出一扇松黄色的木门，并且镶嵌有毛玻璃。门后有一条廊道通往鱼街。我伸手指天，说："够了！"拉开门，疾步走进廊道。那些无耻的喽啰围着我往前走，有的甚至爬到我身上。我想只要是他们的主人一下令，他们就会剥光我的衣服，捏我的骨头，并且咬我的肉。女孩这时偎依着他，咯咯地笑。我又羞又急，抖落身上的喽啰，走入月色笼罩的鱼街。有六个人迎面走来。这是群狡黠而不讲道理的贼。他们穿着宋代的衣服，一起撞向我。我感觉有七八只手将我身上拍了个遍。我死死抓住三只钱包。我的肋骨都快要被撞散了。我看得了这只，看不了那只。最终我只守住最为单薄的那只钱包。

他们哈哈大笑而去。所幸，他们要钱不要命。

不久，贴着墙根又冲过来一辆单车。骑车人故意揿响车铃。我闪身，让他飞速驰过。他下手很快，但我身上实在没什么可抢的了。因为空手，他被街坊好一通耻笑。我开始奔跑。这条街太危险了。到了某处，我脱下靴子，将钱包内的钱搁在靴里。我藏得是如此小心。可还是看见一名围观者手里抓着明显是我的五张钞票。那没有得手的呢，就过来搔我胳肢窝，还有人剥我的靴子。我对着他们吐口水。这时传来一阵马蹄声。寨主遣来的人将我带走了。

寨主看着被扔在地上的我，伸出右手食指，对我勾动。同时脸上显现宽容的笑。我那紧绷的尊严之弦忽而松掉，一阵被赏识、宠溺的愉悦升上胸膛。我真想一边看着女孩，一边凑到他跟前，说："寨主，你早说嘛。"他大约知道我想讨好，将温暖的手拍向我的背部。

我们后来去了一口温泉。承他抬举，我和他同浸在一块池子里。我小心翼翼地说话。直到他对我讲了一则笑话，我才放松起来。仿佛从此可以和他亲密无间了。女孩这时已经变成女人，她站在楼上看着我们。她的脸、眼角和身材变得有些臃肿。在用木勺舀起一勺水浇在自己头顶之后，寨主分配给我一个任务，并且是和她一起去完成。

"你们听好，我现在要你们去上海做长毛细壶，发展我们的事业，建立我们的据点。"他说。我很满意，看了一眼失而复得的女人。她还在加速老去。我不知道"长毛细壶"是什么意思，也许"长毛"代表着男人，而"细壶"代表着女人，是一种黑话。

海市蜃楼

——赠给朋友涂重航　2007年11月30日

丈夫无论什么时候都要喝酒。早上她一般只允许他喝一两，这是他叮嘱她的。佐酒的是油炸花生。最近一次炸它放多了油，她担心他会腹泻。但两天来丈夫并无不适，她因此心安。晚餐时，丈夫说鱼没有煎透，却吃得只剩鱼刺。他总是喜欢高热量、高蛋白的食物。现在这么胖。他们已很久没有行房。最近一次她记得他没有射精，就在床上点着芙蓉王香烟，发呆。如今，她待在浴室的时间越来越长，不是为了欣赏自己的容貌，而是看着它衰败，接受这样一种事实对自己的恐吓。每次当她用水将镜子上的雾气冲走，便能看见自己的两只大眼袋。就像学打的人吊在后院的两只沙袋，上边瘪着，下边淤积。她看着都恶心。脸上的毛孔越来越大，里边好像有什么小动物，正通过这些毛孔伸出自己黑色的细腿来。洗完，她用毛巾把水和眼泪擦干，包着浴巾，坐在沙发上看电视，等着时间被用掉一些。墙上有钟，她从不抬头看。她依靠胃来判断当前是什么时候。也许丈夫会突然回来，要是那时没做饭如何是好。因此她总是提前下到厨房。说起做饭，起先是有创意的事，但在吃的人甚少有积极评价后，她也就提不上劲来。丈夫每次归来，都是默默地吃饭、洗浴、睡眠，然后默默离开。

她就这样生活在秀美的西太平洋港口城市。她早年的一个追求者还在筹划着背井离乡，到这儿来奋斗。并非为了得到她。仅仅是为了呼吸一下她也在呼吸的这座城市的空气。韩国电影《薄荷糖》有一句台词——“想走她走过的路，想看她看过的海”——或许能代表他的心思。“想一想，就是这样，就有多美好啊。”追求者说。

女拒绝神 2007年11月13日

1

蓝色的月光
铅灰色的废墟，遍地瓦砾
人们说这里有只猴子理虱子、蹦跳
说它哀鸣、咆哮
还在可笑地关没有房子的门

2

我已经忘记来路和理想
一束颤巍巍、摇摇欲坠的光
照射在女人有疤痕的额头上
静默如大理石雕塑
静默的额头、眼睛、鼻梁

3

宽阔的水泥掩埋乡愁
烈日使鬼魅无处遁形

按一种据实摹写的写法
女神有着脚盆大的髋骨
和鲜血般的口红

4

一个叫赵雅芝的人最近离婚
她借助印刷机和卫星广播
来到我的视线之内
她和自己的一口白牙
是关于一九九五年的整体记忆的一部分

5

两个人面对面坐着
有一方在精神上丢盔卸甲
另一方锁紧眉头
用愤怒的眼睛看着他
很多个夜晚我从惊恐中醒来

6

向着和煦的阳光行进时

万物柔和可亲
在傍晚
风检查并搜刮街道的每一种物体
包括站着抽烟的无家可归者

7

带梅毒的阳具
带淋病的阳具
长着六把旋转刀片的阳具
轮番
向着耻骨深处刺去

8

我应允自己
在晚年将来的时刻
穿燕尾服归来
在县城老影院办一场音乐会
等你翻阅三毛嗑瓜子的间隙看一眼

9

路灯出卖了
潜伏在街角那头的小偷
从别人天真无邪的眼神里
我们看见自己
已经衰老的事实

10

是谁将你塞入麻袋痛打一顿
是谁借月光蘸着口水数钱
是谁褪下传宗接代的裤子
给披头散发的你
倾注让你成为祖母的精液

11

月光长在雪里
长在墙里
女人长在墙里面孔长在墙里
全部世界长在墙里
呼喊长在墙里

12

母亲穿着褐色的棉衣
在下雪的火车站等
黑色的枝杈划着车窗
暗红色的月亮挂在遥远天边
我总是在车厢里

13

我的仇人
一个在你面前长袖善舞的侏儒
一个在梦中捏住我睾丸的侏儒
死在老同学的传说里
据说是辆避让不及的水泥罐车

14

我坐着时光倒回的火车
额头和脸颊变得光滑
双足不再感觉疲倦
我穿过雨后的泥地
愕然站在被砰然关上的门前

15

在梦中
云朵浮在天边，白光刺眼
绿色的枝叶轻轻颤晃
穿白色长袍的仙女提水离去
平庸的画家抓笔匆匆摹写

16

年轻人将失明的公主
带到森林深处
当太阳升起
她探出双手
小心翼翼朝着悬崖边沿前行

17

假如生活欺骗了你
它还准备进一步欺骗你
这就是你的希望
它毕竟
还在准备把你骗下去

18

上帝说：人有四手四腿
宙斯说：是这样的，像只球
他们对对眼色劈开人
现在满街是合二为一的欢呼声
却总有一爿露着惊悚的伤口

19

人民币收购走人们的灵魂和肉体
当然也安顿了它们
我们背着石碑
一步一步
冒着黑色的夜雨前行

20

我一定死在光明的天穹下
一定死在狂欢的鼓点声中
一定死在朱红的衣装剥下之前
我一定和那些没准备好的人一样
死在战栗中

21

钢钎搁在工人赤裸的胸膛上
中午，他们睡在一块还干净的地上
我所为之怀想和激动的
一幢淡绿色的楼房
在一天之内被拆毁

22

夜晚，火车在人工湖上方穿过
从南方来，到北方去
我看着湖中的倒影
在县城注定一无所有
还会让婚姻加上一套锁链

23

假如我允许别人有幸福
她一定是生活在夏威夷
一定有很多体面人陪着她
每个人在早晨起来的时候
真诚地向她问好

24

为了惩治女人那
高高在上的圣洁
我在剧本里将她写成妓女
这样我就不会太自卑
她也不失纯真

25

寺中的僧侣
惶惶如丧家之犬
是因为无畏之人
正要建立
没有手掌抚摸的世界

26

单身房内只有我一人
但是每次离开它
我都感觉像是被兵器架住
绑往没有归程的冰雪荒野
这里是我思念的场所

27

玫瑰在减弱玫瑰
女人在减弱女人
我们像精神贫瘠的国王
伸手一点
田野的土块都变成金子

28

自有这样一人
平庸地走在路上
死在河边
任别人根据名字、衣冠
揣摩他可能的身份与光荣

29

童话的构成要素：
一、她没有排过粪
二、她没有放过屁
三、她没有涂口红
四、她得了白血病

30

整个夜晚和白天
我都被一种力量折磨
就像寻找失散经年的兄弟
我去私家侦探那里
寻找下段旅程的目的地

31

我穿越草原、森林和深谷
穿越风暴、沙漠和战争
我登上启示录书写的山脉
将连绵的荒芜收入眼底
我看见真相

32

火车鸣笛之后离去
我们在雪地迎接白色的担架
有咳出的血染在床单
那不开启的眼睛和唇角
至死不降

33

端着茶，吃着香烟
我加入酒囊饭袋们的夜话
他们在谈论一个人
我因为嫉妒插了一句
那就是个傻冒

34

王子关上凯迪拉克的门
用白手套将戒指戴在
幸福新娘的手上
不远的地方
她穿踩脚裤的母亲神情羞涩

35

戴面具的人厌恶色彩
是野兽的镇压者
流浪病人的母亲和人民的神
在博尔赫斯笔下
他有一张麻风病人的脸

36

人总不可能纪念苍蝇
那天下午
我伸手挥走的那只
无论成色、重量还是气质
都与其他没有区别

37

我是在被千里追击后
知道爱情是恐怖主义
我们视死如归
背着圣战的光芒
使人惊恐得尿了裤子

38

在靠近天际的山谷
太阳照耀起伏的油菜花
两个人循着小径来到伊甸园
后来又一步步
走回到光线消隐的下界

39

场景从人工湖移到海边
横穿内陆的火车变成蠕动的轮船
我和同样的人静静看向远处
是一艘台湾游轮
像一座白山经过厦门海域

40

已经进到房里了
衣服也剥下来了
这时就是自己也看不下去
在房东配的榻榻米上
中心出现裂纹并且已有局部塌陷

41

听说过千里之外么
尼泊尔人在地毯里跳舞
孩子们戴着狂笑的面具
窗外，晾晒的内裤窄小如拳头
阿兰·德波顿论证过挛缩的一半真一半假

42

一个人两次爱上同一个人
正如一个人两次踏入同样的河流
过去的不辞而别
并没有因为重来一次而幸免
反而使诺言变得越来越低廉

43

据说海伦的美不可阻挡
海浪和良心不能阻挡
军人不能返回母亲身边，祖国沦亡
但总会有无知农人
在徒然寻思之后，荷锄而去

44

金钱是无计可施者
所能想到的最后一张通行证
为此和警察作战
在他们的枪口举起来前
打劫墙壁有六尺厚的银行

45

经历长时间无意义的跋涉
一个人决定返回离开的地方
但是风快了一步
它将往日的足迹吹走
将雕像吹成粉末

46

丢两块钱去足彩出售点
去生活去做梦
去把税后的钱分给父母姐妹
然后在教皇死了后
悬根绳子自缢

47

起先是有一具肉身
后来是有一个名字
接下来还有一些事迹
最后一个人的存在
比不上空中的一阵烟

48

有一个人杀人
是为了敲响警察的门
只有警察带着狼犬追击
他才能通过紧促的呼吸
感受到生命的充实

49

总是渴望在病床边
出现一颗汁水充裕的鲜梨
自从得到过一次它的安慰
就永远想得到它的安慰
一个人的感冒大于远方的战乱

50

雨巷残留着鞭炮放过的火药味
死者的前额盖着一张黄表纸
他的嘴巴张得极大
几十秒后，打麻将的人
将会为一个人的作弊发生斗殴

51

从公墓挖出的茶花女尸体
需要挚爱者在鼻子前扭开嗅盐瓶
我总是担心有一只灭火器
自高空坠下
将楼下行人的脑浆砸出来

52

时间一般在下午停滞
像船在污水里晃荡
并不是光线在缺失
而是一种灰暗的内在的东西
在逐步加深

53

如果我是明朝酸儒梦中的角色
那么
我终于坐上了有翼飞翔的飞机
终于看见穿高跟鞋的美女
并且可以用遥控器设定室内的温度

54

自弃的经典——
傅红雪趴在地上，像条狗
旁边是把天下第一快的刀
谁都可以上去吐口唾沫
并提着他的脑袋往水泥地上撞

55

使一个人独一无二的神性
毁灭在一个上午 ，我看见
同样的眉目既生长在她脸上
也生长在一名储蓄所营业员脸上
是她的姐姐。生理遗传

56

有一个做警察的我滥饮无度
有一个做商人的我在夜里行贿
有一个做小偷的我和妓女相依为命
有一个结婚的我每天吃早点
有一个我死了，就是这么多的我死了

57

我做了一个漫长的梦
我在慢慢喂养你
等你长大
长大到一米六五
然后你梦见我，在梦里喂养你

58

在夜晚我决定自行悲壮
我采用直视灯光的办法
来使眼球酸胀，并且流出眼泪
我在心里记起托马斯·曼的话：
“这世间竟无忠诚可言。”

59

在巴尔扎克那里，也有一位于连兄弟
他来到首都的修道院等待命妇的提拔
大统领夫人一言不发
用隐含鼓励的眼神将他带走
按计划他将被吃醋的大统领打死在门前

60

我像砍伐完的树林
那些风不可能再经历阻拦
我像炸毁的工厂
推倒的房子
那些风不可能再经历阻拦

61

我还是愿意想象
那个在水坝下休息的青年
望着近在眼前的山林
还没有被雷劈死的木匠
在日光中骑车穿过拱桥

62

如果世界只有两个人
让他们拥有骏马和草原
牛奶和书籍
性爱和儿子
人类和宇宙

63

早上的时候起来煮杯咖啡

中午读着报纸休息

晚上揿灭台灯

做一个梦

女人的儿子有着黑得光亮的眼睛

64

不会再有无法避让的大卡车

不会再有冷漠无情的丈夫

不会再有馊掉的食物

不会再有人的冷眼

不会再有噩梦

65

不会再有失去亲人和财产的日子

不会再有需要欺骗的感情

不会再有女人的哭泣

不会再有黑色的雨

不会再有异乡

66

不会再有怎么也熬不过去的人生
不会再有推不完的巨石
不会再有走不完的路
不会再有复发的痛
不会再有绝望

67

火车在人工湖上方停下来
倒塌的绿色楼房自己长起来
风吹响满山的桃花
骑车的小孩穿过竹林小道
光线洒向幸福的肉身

68

音乐声在城市远方响起
白袍男人挥手辞别
她挽着我的手
像挽着别人的手、孩子的手
我们一起在夕阳下舞蹈，回去

面子 2007年11月12日

每个从富强乡回来的人，都带着一副知情但不点破的表情看着我，呵呵直乐。我总是端起杯中的白酒，说:“什么也别说了，干。”

说起这酒量，还是在富强乡练出来的。富强乡天黑后，十几米长的街道就不见人影。没有给我和中学的王驷骏、计生办的余可留下什么娱乐活动，我们只能泡在当地唯一的餐馆。我开始只喝一小口，后来喝一口，再后来喝二两，超过二两就去菜地里吐。

后来论杯喝，是因王余二人欺负我。那天，余可给自己倒酒，又给王驷骏倒，就不给我倒。我要自己倒，余可捉住瓶子，喊:“老板，上醋。”老板送来醋，余可给我倒满一碗，说:“有些人可是要吃醋了啊。”

我是个报复心强但行事还算深沉的人，没有发飙，找老板又要了一瓶酒。我给自己倒了满满一杯白酒，仰起脖子一口吞了。我感觉喉腔里着了火。我对余可亮着空杯底，等他反应。我也不知道他跟我较什么劲，将面前的杯子倒满，努把力也一口吞了。然后就走到门外，对着马路“哇”的一声吐起来。我比他还想吐，可是我就是双手握拳，硬挺着。有一阵，那带着强烈气味的呕吐物都涌到嘴里了，我还是将它们咽回去。

王驷骏问我："你是不是也在追小凤啊？"

这下我清楚为什么有人要让我吃醋了，年轻人的想法真是幼稚。

第二天一早，我坐在小凤理发店里唯一的皮椅上，晒太阳。有几个来剃头的看见警察同志坐着，走了。小凤也不生气。小凤仍然穿着从城市里穿回来的风衣，靠在墙上一动不动，手里捏着一只瘪了的可乐罐。

我在那坐了很久，余可都没出现。我想既然坐在这里，就应该和她说些话。

我说："拿着一只瘪了的可乐罐干什么？"

小凤说："有价值呗。"

"值几个钱？"

"不是钱能衡量的。"

余可一天总是要喝一罐可乐的。我想还真有这么一回事，但是他怎么认为我吃醋呢？我是爱来这转一转，梳梳头，晒太阳，到此为止。

我这么想着，余可脸色苍白地出现了，说："小凤，倒杯开水吧。"小凤提起开水瓶，倒了杯白开水。我也说："小凤，倒杯开水吧。”小凤也倒了。后来余可变得多话起来，我不爱听，就走了。

那天晚上，乡政府会议室的桌子被搬到墙边，大家安上霓虹灯，按开录音机，就跳起舞来。也就是那晚，我看见小凤那对鼓起的傲人的乳房。我变得难以呼吸起来。我开始感到肉身寂寞难耐。我知道，霓虹灯熄灭后，我将一个人返回单身房，忍受那漫长夜晚对我的审视。你们知道，一个二十一二岁的年轻人，他没有办法很早入睡。

我等到和小凤跳舞的机会。我低头看着她躲避的脸。我知道余可正在貌似轻松地抽烟，而耳朵竖得尖尖的。我对小凤说："你知道我喜欢你吗？"

我不知道事情为什么这么简单：小凤什么也没说，用手指紧紧揪住我后背的衣裳。我被一股得到的感觉充盈着。这个女孩一分钟前还不属于我，现在是我的人了。

舞会还没结束，余可就扔掉烟头撤了。此后他和我照样喝酒。某天我坐在餐馆，备好醋，想向他展示胜利，但他带来了一位时髦的城里姑娘。那姑娘对这样一个连柏油路都没有的乡下心存蔑视。余可搂着她走时还回头对我眨了眨眼。其实，我在舞会结束后就失望了。我比以前更懂得“有得必有失”这句古训的意思。

我对小凤的厌倦感越来越强烈，常常让她哭泣。她每天忍辱负重，帮我把衣服洗好，把床铺好。起初我听之任之，后来不行了，就惶恐了。

因为她把理发店的大镜子也搬来了。

我说："你店也不开了？"

她说："是呀，我总是想你，我不开了。"

我抱起镜子往理发店赶，她跟在后边哭，大叫"你不要我了"。街上的人都看我。唉，她把脸都哭肿了。后来我开始哄她。她用了一会儿才停止抽泣。到晚上时，就彻底笑了。

她笑的时候，床铺散发着芳香，而我的心冷透了。我是那么烦躁啊，我轻易看到自己的未来，看到自己整个一生。那不是我要的。我不要和她生活在一起，一直到变老。我沉浸在绝望中。我现在才知道，以前的绝望并不是绝望，谁也没说我一辈子要待在富强乡，但现在我好像得和她一辈子这样待着了。

我要死在这里了。

我这么想，就不再和这个女人说话。

她说，起来喝杯水吧。

我说，哦。

她说，快凉了。

我说，哦。

她说，我喂你喝吧。

我说，哦。

她说，你倒是张开牙齿啊。

我说，哦。

她说，你怎么啦？

我说，哦。

她说，你是不是不要我啦？

我说，哦。

梦中的孩子 2007年10月28日

梦中有一个小孩，我们喜欢他比黑色围棋子还要黑的眼睛。姐姐要亲他白嫩的脸庞，弟弟站在木梯上，逗他笑。他不笑，气呼呼地看我们。妈妈要给他试穿衣服，被拒绝了。他说："我不要。"

爸爸已变成老爷爷，也被小孩的气势震慑住。

爸爸跟我挤眼睛，说："我不要。"

我们给可怜的孩子取名叫"我不要"。

他后来爬向通往露台的木梯。我就坐在露台，在和煦的阳光下读报。我一直等着他上来。我沉浸在幸福中。木梯往下，也通往一处水池。好一会儿也不见到他上来。等我想到时，他已不见了。我跑到楼梯口，看见他正在水流中视死如归地盘旋。我跑下去捞住他的腿。还好弟弟也过来帮忙。我们终于从水中抱出他。我拍打他的背部。他紧闭着眼，脸色发灰，从嘴角溢出来一层白沫。我掐他虎口，他总算醒来。我疲倦地笑了。

他是我的儿子。但他伸出小肉掌，粗暴地推我的胸膛。

这个小孩后来再一次闯入我的梦中。依旧沉默寡言。他总是趁我们不注意就叛逃。弟弟在收拾东西的时候看着他。弟弟是值得信任的人，总是过来摇醒打盹的我，说："又不见了。"于是我们这些大人像士兵列好队，下楼到街上去找他。

创造者 2007 年 8 月 17 日

我获准走出来，想用放风时间写点什么
很快，我发现脑袋一片空白
什么都没准备好
我仍然长时间地站在世界这边
浪费时间
我并不能给人们捎来什么天堂的秘密
我要让人们失望
狱卒就要过来了
太阳像是无头死囚脖子口冒出的血
越来越少地涌淌
让我独自拥有自己这一点时间
比持续囚禁我还要糟糕
我陷入辜负自己的自责

接下来，我又要在集体劳动
和一两份友谊当中度日
永不释放，如此哀伤

在一事无成的黄昏，景物一成不变
我从一座牢狱走向另一座监狱
那些编号不同的狱卒
布置着同一种任务：
将一块石头搬运到那张桌子
再将它搬回来
搬过去，搬回来
搬回来，搬过去
他们从来不笑，那么庄重其事

告诉我曾有一道奇迹的光闪过
铁轨上喑哑的群众像是尸体直立行走
而你遍体通红，脚步轻盈，几近飘起
你像是在狂欢的乐声中获取力量
感觉到自我的辉煌
感觉光芒万丈
一切只需一个导管
一个将危险之血放出的导管
你看见湍急的血冲出牢狱
冲向平原、山脉和天空

你看见自己是国王
指挥笔下的名字
指挥即将出现的事情
掩杀过日常平庸的土地

一度，你就是为这不明不白的事物活着

S 2007年8月13日

S成为黑社会的一员，是因为他们需要点人马。他们说一起来白吃白喝吧，S想想并无不妥。S在腰带上插一把匕首，跟着汤姆和约翰混。

汤姆和约翰总是炫耀他们如何玩弄了一对母女，或者将刀子深深插进屠夫的肚子。但是他们从不带S经历这些场面，这让S觉得他们是瞧他不起。S想，每天黄昏，汤姆和约翰一定为甩掉他而感到开心，他们一定去夜总会消费，过淫荡的生活。一天，S在黄昏之后跟踪汤姆和约翰。他们确实去了灯红酒绿的地方喝酒。之后却简单了，就是作为一对醉汉，东倒西歪地回到住处。

S觉得自己是不是黑社会无所谓，汤姆和约翰不能不是。不能这么颓废。他向他们暗示这点，他们对此颇为不屑。

S有时想自己动手，却始终迈不出这一步。要是能迈出这一步，就不用追随汤姆和约翰了。后来，汤姆和约翰察觉到年轻人的想法，决定以实际行动来给他做次示范。他们在江湖一个叫“海盗汤姆”，一个叫“血腥约翰”。他们要告诉畏手畏脚的年轻人一些黑社会的精髓。

“走，× 一个女子去。”他们说。

S摸着后脑，不敢想象事情就要发生了。汤姆和约翰哈哈大笑。为了展示自己的勇敢，在黄昏的道路上，S追上一个独行的女人，捂住她的嘴，将她拖向草丛。他们投来赞许的目光。约翰率先实施了犯罪。这时S有些紧张。他想到约翰之后是汤姆，汤姆之后是自己。汤姆一直旁观着约翰。后来，汤姆在实施犯罪时，约翰也聚精会神地旁观。等下，他们将要这样一起旁观S。

那是一条符合黑社会标准的阳具吗？S想。

天黑完了，约翰掏出手电筒，继续观看汤姆不知疲倦的动作，脸上显出淫荡的笑容。不知从何处冒出一股愤怒，S抓起一块石头，砸向汤姆的头顶，又迅速砸向约翰的后脑。行动迅速，好像筹谋已久。然后S轻轻踢了一下被欺凌的女人，示意她回家。

立锥之地 2007年8月5日

想拥有一个家的想法，在这个夏天强烈起来。我需要将自己钉住。而不是延续在一个城市一个城市、一间租房一间租房之间的流浪。我曾在一个漆黑的夜晚，护送一位同姓的醉汉回家。这个人醉得实在厉害，他的眼睛就没睁开过，但是从他嘴里说出的简洁的指示却是如此清晰、准确。我穿过复杂的街巷，几乎是沿着一条直线，最经济地到达他家。我将瘫软的他交给他妻子，然后下楼。然后开始长时间的迷路。

在旅店住的时候，寂寞几乎是当着我的面，大张旗鼓地爬出来。从电视，从床铺，从衣柜爬出来。它们一层层地压着我，让我喘不过气来。

今年，和一帮同学回到十年前就读的警校。一〇八寝室还在，不远处是公共厕所，骚气盎然。那些挂在过道的衣服仍在风中飘荡。推开寝室门进去，一切还很熟悉，木制的上下铺铺着橄榄绿色的军被，水泥地面极为潮湿。在我睡过的地方，一块木板那，还刻着暗恋对象姓名的首字母。整个房间只是多了一台吊扇。寝室里有一个学弟，从被窝里爬起来，吃惊地看着我们。

我住过的地方两只手数不满。我从九源乡下沉村来到横港乡，来到县城医药公司宿舍，来到农贸街，来到罗湖桥，来到南昌青云谱，来到县里的洪一乡，又来到罗湖桥，来到郑州于砦东升公寓，来到上海杨思镇，来到桃浦路，来到广州五羊新城，来到番禺丽江花园，来到北京菜市口，来到太平街，来到畅柳园，来到永安路，来到广渠门，来到大望路光辉里，来到工体西里。

吃人者 2007年8月3日

一个梦。我在做警察，和很多同事去追捕一个吞吃无名人的人。我们这些有名有姓的人，将他围得死死的，想把他活活饿死。他困兽犹斗。后来猛然吃起自己来。到这时我们才知道他也是个无名人。他三两下将自己吃光。然后我醒了，因为悖论。他饱了，但是却没有了。

老婆婆　2007年6月14日

二〇〇四年，在《南方体育报》工作。租住在番禺丽江花园小区。因为截版时间很晚，有一次从广州市区回到丽江花园已是凌晨四点。下车进入小区，我快步行走，只想早早回房休息。记得路上空无一人，唯有路灯照着空荡荡的路面。进入所住楼的廊道后，从这头望到那头，也是什么人都没有。但在我走到约三分之一处时，发现在自己右侧前方，一米内，有一位老婆婆迎面蹦过来。我后来想，之所以觉得是蹦，可能因为她是小脚，行走时身体产生了颤晃吧。她穿着蓝布衣服，脸上长满皱纹和黑斑。在那一刻我全身都绷紧了，双手甚至握拳，做好自卫准备。擦肩而过后，我加快步伐——那种加快，就像马上要去找厕所上一样——朝自己所住单元走。我推开单元的铁门，来到电梯口，不停按上行键。我一直不敢回头。直到打开自己房门，锁好门，才敢好好喘气。

我放了Nirvana乐队那种大吵大闹的歌，直到天光大亮。

后来我想，如果自己先下手为强，可能就成杀人犯了。对方很可能只是一位晨练的老人。你也知道，老人的睡眠时间很短，总是很早醒来。

斑点 2007年5月30日

就像在花瓣中总会有隐秘的斑点。阳光普照以至人们都能感受到它的恩泽，谁会注意这颗斑点？它大概算是一句谈资："呵呵，你看，竟然也有……"有也如此，它并不令人扫兴。但在某个不经意的时刻，在你重新谛视它时，它已经不可逆转地长大，已经使你无法忽视它。你所思所想、所见所闻，无不是它。你曾以你的轻蔑姑息它，现在它卧薪尝胆已毕，不再对你假意奉承。它走过来，统治你。这个斑点叫作自杀之念。

偶然 2007年5月22日

有一年——我当时还在做警察——从穿过县城的火车上跳下来一个人。他在我们县城的主干道杀了我们本地七个人。我在中医院大厅的一台担架床上看见一名躺着的年轻死者，就像没死一样，平静地睁着眼，看着天花板。在他袒露的左胸那里留着一处擦洗过的创口。刚死的生命，就像是刚折下的玫瑰。我给一个后来没结成婚的女人打电话，疯狂发誓，说要永远地保护她。我们原以为凶手会凶恶残暴、孔武有力，抓到后心里五味杂陈，因为他只是一名头发乱蓬蓬、全身都在颤抖的农人。他惊恐地看着围着他的人。

那七名死者很可惜。我猜想，他们有的本来早就上街了，因为担心门没关好，返回去检查了一次，才在这个时间到了街上；有的几次下定决心要收摊，但又还想再做一笔生意；有的本来奔跑的速度很快……他们存在大量的可能不死，死仿佛是诸种选择里最不可能的一种。但他们偏偏因为这样那样命定的意外排着队来到一个疯掉的外来农人的刀口下。在我们哀伤的议论中，这个代表死神的外地人跟我们没有任何瓜葛，火车经过很多地方，作为乘客的他可以跳到九江县，跳到阳新县，也可以跳到武汉、郑州，但他偏偏选择在水泥护坝铺得非常结实的我们这里跳下，并且毫发无损。

杀毕七人后，凶手跑到郊外某村。一名老妪据说正坐在门口。杀人者将卷了刃的水果刀扔在地上，对她说了很多她不懂的方言。老妪也说了我们的土话。直到公安找过来。

肉身洁癖 2007年5月17日

那些过瘦的人，就像挂着透湿衣裳的冬天的枯树。过瘦的人，容易让人想到情欲的悲剧。他虽然穿着深色的衣服，并很快在车窗外消失，我还是为自己的所见而揪心。我仿佛看见他背部的根根肋骨。像褪毛的山羊，在石灰色的皮下显出肋圈的轮廓。而在脊椎骨中点，有块皮被磨破，血印就像一块暗红色的小图章，盖在皮上。

Silver Springs　2007 年 5 月 1 日

这首歌中间有段伴奏，像河流通过巨石。前边都是慢慢铺垫，慢慢流淌，到这里，突然掀起波澜，再朝崖下坠落而去。就像所乘车辆突然下坡，人的心脏失重。就是这一瞬，人生太多的东西出现。但是歌曲很快就结束了。为了重新找到这种感觉，我按下重播键。我又感受到了。但在第三次按时，我想到“人工”二字。我在妄图使自己感动。

来历 2007年3月19日

父亲手持柴刀斫倒荆棘，使消失的小路重新显现。远处，山脉构成屏障，飞行的鸟儿小到恰好能看见。我们端着供品、纸钱、鞭炮，平静地去祭祖。

祖先们死时，一定哭声震天，但现在墓碑变成一块磨损严重的石板，已看不清字迹。也许有天墓碑会被撬起来，架放在水沟之上，方便人畜通行。也许某一天某条狗嘴中叼着的正是我们在清朝的一位高太祖父的遗骨。

父亲让我记住他和祖父的名字。如今祖父的名字清晰地刻在石碑上。我不记得曾祖父的名字，我拨开荆棘，看了一遍，但记住没三分钟。曾祖父长什么样？我无法设想。因为我宽阔的面庞，是由祖母从港北村带来的。略显黄色的头发以及很白的皮肤，则由母亲从二房吴村带来。我身上藏着太多嫁接、整合的祖先密码，已经变异。当我在路上和那些死去的祖先相逢时，一定是再陌生不过的生人。

厨房 2007年1月23日

餐馆墙上有一幅根雕作品，树根上雕刻了“东海长流水，南山不老翁”等遒劲有力的字。我突然想到山上有位戴老花镜的匠人，曾对着字帖雕刻树根。完成最后一刀时，他对着作品看了很久。然后设想，在饱食终日的远方都市，有一个年轻人在用餐之余，静心欣赏这幅根雕作品。

“还不错啊。”他模仿着我的口吻，对自己创作的根雕说。

今天回家在桌上看到一盒自制鸡腿。我吃了它。鸡骨里有土豆和生姜的香味。我通过这遗留的食物的热度，计算出女人离开的时间。并且我知道她投放在这次创作上的心血。她按照书上学来的程序，以及电话里朋友的指导，配好食材，慢慢等待火烧熟鸡腿，有时拿筷子捅一下。又怕生了，又怕烧黑了。终于大功告成时，她欢欣鼓舞，静悄悄地离开。

一九九四 2007年1月3日

一九九四年读警校参加军训，一名教官单独对我喊口令："立正，向前五步走；立正，向后转；向前五步走；立正，向后转；向前五步走。"这是个可怕的驯服过程。因为想到自己被降低为一种机械服从的牲畜，有意识的人会感到痛苦和愤慨。

后来，在一次雨中训练时，我们这些野性未泯的学员忽然罢训。在教官喊"齐步走"时集体站在原地。斜着刮向脸庞和头发的雨增加了行动的悲壮感。一大一小两名教官，一名姓刘，一名姓方，在沉默的对峙中惨败。他们为此道歉。

警校有一位军队转业过来的副校长，每天起得比鸡早，拿着外孙的玩具喇叭，对着学员宿舍吹。我们条件反射地从床上跃起，边穿衣服边跑往操场。在喊"到"的时候，梦还没有散尽。我们将手指并拢贴于裤缝，站得笔直，听外号叫"大炮"的副校长像国王一样孤零零地训话。有一夜，没有月亮，操场上显出两个人促膝长谈的轮廓。是我和室友孔瑶河在聊天。副校长以为我们是谈恋爱的男女学员，蹑手蹑脚走来，突然喊道："可算逮到你们了。"我们回头一看，他倒是愣了。他说了几句"哪个中队的？""这么晚了，应该……"之类的话，转身走了。我呢，赶紧把刚才扔掉的烟头捺灭在草地。第二天早操，中队长站在队伍前问，昨晚上是不是有人在操场抽烟了？

我想副校长直到回到家才想起来，哎呀，怎么就没想到他们在抽烟呢？

他齿松牙黄，本身也是抽烟的。

* 2006 *

法律蜘蛛侠　2006年12月27日

人物：

原告代理人（司法事务所工作人员，没有律师执照）

被告（小学一年级文化，因离婚财产分割被起诉）

场景：

原告代理人（摘下墨镜）：现在，我问的每一个问题，你都只需回答“Yes or no”，无须回答别的，Understand？

被告：……

原告代理人：你和他是何时结婚的？

被告：Yes or no。

原告代理人：你只需回答Yes or no！

被告：Yes or no。

原告代理人：好了，法官，我的问话暂时中止。

被告：Understand？

在城市生活的诀窍 2006年11月9日

在广渠门，我目睹一辆轿车剐蹭到一位骑自行车的人。司机拉好手刹，走下来，“嘭”地关上车门，说：“你有牌照吗？有登记吗？我看你喝了酒吧。”那呻吟的人爬起来，对他汇报：“有的，你看这是自行车在派出所的登记证。”

殴打 2006年10月30日

天空是那么大、那么远、那么深邃，我一直躺在草地上看它。后来从大地表层传来震动。一列火车像耕田，沿着直线驶来。有时，我喜欢通过人工湖的倒影看它，在水里，它是一条长着铁甲的鱼，无声地朝前移动。

然后，它像没来过一样，消失在远方。连湖水里的涟漪也消失了。每天火车从深圳来，到北京去，将县城的人特别是我一次次经过，让我的心充满酸楚。

"崽啊。"派出所司机摇下车窗喊我。他要接我去距县城几十里的乡下派出所上班。窗外是色彩明亮的油菜花，一块又一块油菜花地被路过。我双手抱臂，躺在副驾位置上，将脚架起来抵着前窗。

在这些油菜花还是种子时，我将一位当地姑娘带进树林里办了。现在，他们都在开我的玩笑。只有司机从不说话。他的工作来自他姐夫的介绍，他姐夫也是公安局的，当初在乡下派出所工作，因为寂寞难耐和当地一位姑娘好上，并遵照某种传统的旨意结婚。

一想到这恐怖的结局——要和一个农村的女子生活一辈

子——我就想将头颅磕向水泥墙，磕死自己。她的父亲是村委会主任，自从我和他女儿有了肌肤之亲，他就脸上添光，常来乡里走动。她的母亲也过来帮我收拾房间。他们喜欢看着女儿去河边洗衣服。我的衣服干净得没法再干净，被叠得整整齐齐。

按照指令，吉普车在岔路口接上几名同事，然后开往她出生的村庄。黄昏的炊烟从一家家屋顶升起，一头黑牛仰着头，迈过自己拉的粪便，穿越场基，慢悠悠地返回牛栏。没有一个人在室外。我们冲进组长家，将正在打麻将的四人抓住，分别是会计、组长、承包商和村委会主任。

“赌多大？”我问。

根据赌金大小，可以测算出处罚的尺度。他们交代的不一致，但都偏小。这让我们恼火。村委会主任一直过分亲热地看我，我不看他，他就以同样的眼光看我的同事。

“到底赌多大？”我拍着桌子喊。没人作声。于是我从地上捡起一块砖头。主任看看它，又看看我，做出快哭了的表情。我扔掉它，折下一根枝条，左右劈了几下，把它也扔了。后来我还扔掉一把生锈的砌刀。“算了吧。”我的同事这样说。主任一脸羞愧地站在一旁，倒像是我犯错的儿子。我知道等事情过去，那些会计、组长、承包商会围着他说：“还是你好，有个女婿在派出所。”他们甚至现在就露出这种羡慕的表情。

我一拳打过去，后来又打了一拳。村委会主任的脸开了花。双臂向后挥舞，人滑稽地坐倒在地上。

“算了，算了。”司机和一名联防队员过来抱住我。我半仰着身躯，又踢了他一下。几分钟后，本村一位亡命的樵夫焦急地闯进来，看见我还在打人，抓起刃口发亮的柴枪，就要将我的身体刺穿。也许他刺进去，还要将我的身体挑起来，在村庄展示一圈。

“放下！”坐在地上的主任大叫起来，“蠢货，放下！”

樵夫痛苦地停住，将柴枪的枪尖插进地里。“滚，我叫你滚。”主任大声命令道。于是樵夫抹着眼泪走了。“小何，你没事吧？”这个鼻青脸肿、嘴角还在流血的中年人爬起来，掸走我衣服上的灰尘，关切地问。

口才 2006年10月17日

在所有人都坐着看自己时，我会全身紧绷，面红耳赤，从嘴里说出的话好像不受大脑中枢控制。很早我看过一部香港电视连续剧（似乎是《流氓大亨》），辩方律师用设计好的问题，连续追问，让涉世未深的女性被告来不及思考，致使仓促做出的回答前后矛盾。可怜一个女子，先在庭外被强暴，又在庭上被指控诬告，唯有以哭泣面对这样的不幸与委屈。

我曾看见一位口音很重、学问不高的乡下领导，在嘴里冒出一句古文后突然顿住。一时顾盼自雄。毫无疑问，他被自己的精彩表现给震住了。

很多时候，演讲的能力要大过演讲的内容。我最早知道内容和技术可以分离，是通过大专电视辩论比赛。我看到双方辩手像最勇猛的战士一样捍卫着自己所持有的道理，然而这个道理却是通过抽签得来的。也就是说，同一位辩手，他既可以为“猫是白的”去死，也可以为“猫是黑的”而亡，一切取决于抓阄。

排队 2006年9月26日

下午六点，光线暗淡。广场前排着一列很久都没有向前移动一步的长队。我在加入前问自己："非得排进去吗？"我好像没得选择。排在我前边的人背着一床军被。我则从包里掏出一本有五六百页的书，低头看起来。慢慢地，一个个路人加入我身后来。

在书里，有一句翻译过来的诗：

超凡脱俗，她是神秘的邻居；
噤若寒蝉，我靠玫瑰来说话。

我们忍受着寒风的吹刮，彼此间无话。有个人一边念念有词一边发短信："太太大人，我还在这里排呢。"有一位梳大奔头的中年男子，用他炯炯有神的眼睛，研究队伍里的每一位异性。他一定在比较江南、两广、东北、中亚女人之间的差别。后来他掏出十元，请一位民工顶替自己，上厕所去了。

前头只要有人将身体微微侧出队伍，整个队伍都会跟着发生反应，都踮起脚尖，朝前焦急地望去，直到都"唉"地叹息一声，老老实实地排在原地。我在想，这样排下去，队伍都排出五环，排到密云、哈尔滨和漠河去了。好像还有人在这里生了孩子，取名叫秋生，以纪念这个日短夜长的季节。后来孩子长大了，在人丛中钻来钻去，自己玩自己的。

没有人主动撤退。直到小铁窗猛然拉起，一位烫过头的胖女人端着蜡烛，对外边说："同志们，过些时候再来吧。"

"过些时候是什么时候啊？"排在前头的问。

"等通知吧。"她说，然后将铁窗"啪"地拉下。

饿 2006年9月12日

一名女子痴呆，在医院门口老是说："我儿子终于开口说话了。"后来一名男子过来驱散围观的人。面对众人关切的询问，他说："刚学会说话，就死了。"

人问："说的什么话？"

他说："妈妈，好饿呀。"

时间 2006年8月28日

时间即空间。我想到沙漏和放血，沙粒和血的减少意味着时间消逝。有一种紧迫性，或者一种哀伤。还有就是钟表，钟表是对一天消逝、一天开始的模拟。钟表简直是对我们周而复始、充满厌倦性的生活的最佳比喻。我们不是头也不回地去往一个方向，而是一次次回到牢房般的住所。

返回让我绝望。返回使我意识到生命并无新意又过于冗长。有些歌在街头播放过多，我在洗澡时，脑子会自动闪现它的旋律。这让我想吐。我想到我的父亲，可能有几年，他每天都在吃圆白菜。后来只要家里餐桌上出现这种菜，他就会因为痛苦而发火。

对时间概念情有独钟的卡彭铁尔在小说里说：今日复今日，今日何其多。

我一直这样厌倦所度的时光。只有当我最近频繁去石景山时，情况才有所变化。我去那见我的女朋友。我坐地铁到苹果园站，换公交车到石景山，看过后，坐公交车到苹果园站，再乘地铁回来。去和返仿佛完成一个圆周。然而仅仅因为对方是一位快乐活泼明亮的女孩，一切就被超越。

我这样重新感受路程（时间）：

离她近了；离她远了。

乡愁 2006年8月23日

我的乡愁毁于对她的意外撞见。好几年前，我记得自己老远就看见她。她已经髋部变粗，几乎是蹒跚地走在菜市场附近的街上。我虽然距离她遥远，并且基本可以确定她没有看见我，还是脸红了。我转到另一个街道，匆匆走了。

作为一个被完全拒绝的人，我没有勇气和她打上一句招呼。

我到了办公室还是在罗湖桥的家，我忘记了。我宁愿待在一个独处的空间，平心静气地编织、塑造并且不时校调一个想象中的她。每一次的撞见，都意味着对想象世界的削弱，甚至是破坏。

吴承恩 2006年8月21日

无事总是落雨，街景也实在单调。县政府干部吴承恩实在无聊。也许是给僧人的路证盖章激发了他的灵感。僧人鸡胸驼背，身体衰朽，已经记不太清楚自己从何地来，出家前姓什么。他知道的只有前行。前行是一种旨意，如此深重地影响他，以致吴承恩屡次看到他起身要走。陪伴僧人的是一只暴躁不安的猴子。

在僧人要经过的密林，藏着将人叼到僻静处撕咬的豹子、老虎。僧人接受了本地人的警告，然而仍以超乎寻常的镇定，走入密林中。吴承恩唯有祈祝他平安无事。吴承恩下班回家后，闩上门，坐在书桌前，开始用一个神奇的故事来安顿自己。他觉得僧人一直走到天国，那里光是后院的蟠桃树便有一千二百株，果实九千年一熟。

踏实 2006年8月1日

我老想，在乡村某个天气阴沉的下午，某位劳碌之余的农妇会突然出神，意识到自己身处无边无际的宇宙的角落，像只蚂蚁一样无足轻重。星星月亮永远都会存在，而自己死期不远。

她选择回望。看到孩子，骄傲和幸福就能回到她身上。她去镇上割肉，一味地给孩子夹菜，看着他大口大口地吃。她就像失去过他一样攒着劲看这孩子。

荷花 2006年8月1日

装载着雅马哈发动机的摩托艇，堪称水中赤兔。它在湖面横冲直撞，到处留着它释放的柴油味。一些手工船靠着芦苇丛行驶，生怕被撞翻了。我就坐在船里四处去看荷花。

在船夫的带领下，我们看见原产于各地的多个品种的荷花。它们被插上标签。我仿佛看见它们之间的竞争与嫉妒。红色荷花怨恨自己命薄易萎，白色荷花努力使自己长在花丛高处。

有一种荷叶被培育成绝对的圆形，就像供展览的婴儿被塞进某种怪异的玻璃器皿。这些荷花在冲出泥土的第一刻就明白自己处在恩客的注视之下，吃的是青春饭。所有没有特色不能引发赞赏的，都被除掉，唯适者生存。它们济济一堂，显示出一种扭曲的壮观。而那些野生芦苇是自由的，它们默默交配，默默生育，被自己的丑陋保护。

行者 2006 年 7 月 28 日

沙漠太抽象了，需要几具干尸使它具体。

困兽　2006年6月3日

和历史上任何一个星期六都没有区别，我在今天醒来后，为如何度过它而发愁。在青云谱读书时我就受到这种困扰，我记得有位朋友对着我诉苦，说咱们恐怕得了“周末恐惧症”。

时间需要杀灭。有时我认为人类的一切事务都是为着杀时间。打仗是杀时间，谈恋爱是杀时间，按照一夫一妻制生活是杀时间，外遇也是杀时间。生孩子是杀时间，多生代表充实。

认为人生苦短的人，可能在孤独时也会叹息时间太长。“时间太长”，并不是什么了不起的发现，而是一种不得不经历的惨痛的事实。

四年前在郑州，当我在周末下午从饱足的睡眠中醒来，总是要像困兽一样朝着市区漫无目的地走。过城中村，想到拐弯转角处或有一场艳遇，但经过的总是一个又一个水洼；走上城市宽阔的人行道，会奢望路上有救火车和急救车呼啸而过，或者能目睹一次纠纷，但是并没有。后来想去郑州大学寻找一名叫郑江波的报社实习生，给他电话，他说自己在备考英语四级。于是我在郑大找三联书店，问了很多路，找到看见它关门了。我又去广场边电影院，发现最后一场的放映也进行到了一半。

我只有买一份《旧闻周刊》回到租住的房间，一个字一个字地读。房内散布着衣服浸泡过久出现的臭味。有点像是死老鼠的臭味。我有一次直接将它们倒进垃圾筒。后来我听见从租住公寓的二楼或三楼传来细微的呻吟声，它漫长而没有止境。我想到这栋公寓的野合者。第二天上班回来后，我发现公寓地面有鞭炮渣，一些人坐着，看得出来新亡故了一个人。我无法确定呻吟和病重是否有关联。

我记得自己在一百四十元一个月的租住房内，为度过漫长的时间，写了整整一笔记本的东西：我假设自己就要死了，利用最后一点时间去重返故人。

烧伤病人　2006 年 5 月 9 日

像石头一样，我生硬地坐在电脑前，为要写点什么而犯愁。我很长时间没有写东西了。

最近看书也不再有冲动，不会急着去找笔，把重点画出来，或者急切地找个人说读后感。有些书明显很好，声名在外，我翻阅时毫无感触。仅仅为了完成读过一本书的任务而将它翻完。

我感觉自己丢失了一个女人，又感觉好像并没有和她恋爱。一度，孤独对我的伤害是如此深，以致自己总想和笼中的困兽一样去撞击墙壁和格栅。而现在，我并不为一个人不得不待在房间苦恼。我全身长满老茧，几乎刀枪不入。现在什么事都惊动不了我。因此，现在写的文字往往缺乏私生子的灵性，它们有的只是活活被憋出来。在写作上，最迷人的境界就像自己是一名烧伤病人，碰到什么都痛，对什么都敏感。

吸毒者　2006年3月30日

在梦中我走入餐馆，一位女孩坐在对面等我。她像是刚从冰箱走出来，眉头、睫毛、鼻尖和嘴唇上挂着一层白霜。皮肤像月光或尸体一样暗淡、缺乏光泽。并且，在她的披肩长发里隐藏着不少白发。

她瑟瑟发抖地看我。在她手腕、面颊各有一道锋利的口子，往外渗橙色的血。她抽出纸巾擦拭。擦过后，血又会冒出来。她愧疚地看着我。在我回望过去时，那目光又躲闪开。

傅红雪 2006年3月5日

这个人之所以成为我的偶像，是因为他掌握极端的暴力。我在一九九五年容易把自己想成是身怀奇技者。我喜欢听我姐夫讲一个故事：一个老实而愚蠢的人慕名去山上学武，师父让他每天对着树打。若干年后，就是这个打树的人，打翻了江湖。

我喜欢这样的神功，是因为它可以构成巨大的衬托。好比是奔腾的水来到悬崖，纵身一跃，成全悬崖的冷漠。水流化身粉身碎骨的瀑布，就是我期待的悲剧。我觉得，可以令天下第一快刀变得无力的，唯有爱情。傅红雪之所以成为我长达六年试笔就要写的三个字，是因为江湖的盛名在他的痛苦面前一文不值。

失去爱情，傅红雪可以像条狗躺在地上，任人践踏和吐口水。

导致他如此的是一个叫翠浓的婊子。这个女人倘若是天下第一美女，故事将变得难以理解。所有在青年男人心中出现的女神，都只是一个凡人，生活在街道、商店和山坡，看起来泯然众人，却独一无二。她是另一人私密的源泉，揭开她，就等于揭开另一人的十年或一生。

杀戮　2006年3月3日

早晨李四在冰冷的河里洗过澡，回到在树洞的家。原本栖息在树梢的乌鸦，已经飞到村里去了。难以想象，世上会有那么多的乌鸦。它们聚集在村庄上空，发出巨大的鸣叫，让人想起整村人发出的浪笑。

李四为之心慌。他蹚过河，从田埂抄近路，跑向不祥的村庄。没有人的动静。村前场基流淌着一条污血的水流，已经结冰冻住了。他推不开第一户的门，绕到洞开的窗户那，将头伸进去看，发现一具尸体坐在门背，头部被利斧劈成两半。另一具尸体倒在窗户底下。李四呕吐不止。

每家每户都躺着死人，李四一个个数起来，一个不少。也就是说，整个村子的人，除开他因为住在河对岸树中，一夜间全死了。在他们张大的瞳孔和嘴巴里，有着恐怖的秘密。

李四狂叫着朝村外逃跑。很快，就因为一阵巨大的疲劳重新袭来而作罢。他跪在路上，身体不停颤抖。后来，可能是屈服于高烧发热，他返回到寄居的树洞中，蜷缩在破旧发臭的棉席中。

在他醒来时，恰好听见一个女人从被野草掩蔽的河岸上走来。之所以知道是女人，是因为鞋子碾压在沙粒上时发出的声响不大。李四爬出树洞，看见是何垸那出名的智障第六。第六今天打着一把粉色的伞。她一边走一边转动扛在肩上的伞。

“我的伞好看吗？”第六说。

“你说好看就好看。”李四说。

“我们结婚吧，他们都说我们是一对，都有一种残缺的美。”第六说。然后她小心放下伞，脱下黑不溜秋的棉裤。

“此地不宜久留啊。”李四说。

“你不想要我啦。”第六嘻嘻笑着，提上裤子。

“走你的。”李四说。

“他们都说你身上有个东西，比脸盆还大，又黑，还长了毛。说是给两毛钱就可以看。你给我看看呗。”第六说。

“我叫你走呢，走你的。”李四说。

“你给我看一眼呗，就看一眼。”第六恳求道。然后她直奔主题，去翻李四上衣。李四抻紧衣服下摆，不让她去摸那只长满血丝、在传说中还会开口说话的肉瘤。“给我看嘛！”她跺着脚喊。李四转身，从树洞里摸出血迹斑斑的斧头，用斧刃指着她说：“我说了不给看不给看的，我数三下，你还不走，我就一斧头劈死你。”

第六看了几眼李四，抓起伞，懊恼地走了。她一边走一边说:“怪不得人们看了之后都说‘别人都长奶，李四光长肉’‘吃鱼吐鱼刺，吃肉找李四’。”

“我叫你走快些呢。”李四在她身后喊。

隔壁的叫床 2006年3月1日

我在旅馆醒来，是被隔壁声势浩大的叫床声吵醒的。巴尔加斯·略萨写小说会使用“材料隐略法”。比如两名警察破案在即却被调往异地，作者没有写调动原因，读者却知道这背后存在着军方和警方的肮脏交易。这样的隐略，还出现在一幅画作中。通过画面，我们看见一名和尚在山脚担水，仅此而已。是画的名字——“深山藏古寺”——使得作品意境深远。

我只听见女人野兽般的撕咬声。她瞧准猎物，几番试探之后，终于叼走它，开始狼吞虎咽。少顷，她觉得不应该那么着急，因此放缓了节奏。她在自以为安全的领地里发出满足的喊声。我听不见男人任何的响动，但我知道他的存在。他在深呼吸，在咬牙切齿，或者集中想另外一件事，以延缓射精。有时，他像是另外一个人参与到这场性事，他旁观着阳具的进出以及女人的反应。或者默默统计行房的用时。后来女人像被杀害了那样叫起来，紧跟着是一阵带着厌腻气息的寂静。不久我听见他们的卫生间在冲水。

遗言 2006年1月7日

为了这一大，他等待足足七十年。

七十年来，但凡他开腔，就会有别人更大声地说话。他的话因此总是不被重视。今天，这个时刻来到，他将在一群人民面前做掷地有声的演说。他会用两三句话总结出人类为什么活着。

筹码是死亡。他知道在死前有那么两三分钟是寂静的，上帝停止移山，人类结束性交，大家在围裙上小心翼翼地擦手，等待将死者进行吩咐。

很快听众来齐。他准备好了。这时从人群中跑出一名年轻人，扶着他的脸就亲起来。亲一口，吐一口；亲一口，吐一口。他被这阵抢救弄得懊恼。接着，可敬的医生赶来，两手叠加，对他的胸骨进行按压。接着，更好的器械运来。在电击后，他的身躯一跳一跳的。

他被弄累了，想早早死掉。这时有人提醒："他睡过去了，就永远睡过去了。"于是，三名小品演员和六名相声演员赶来，有的大吼："没病？没病走两步！"有的打着竹板，夸赞天津的狗不理包子。他仍然想睡，他不想再交代什么了。又上来一批脱衣舞演员，她们对着他扔掉一件件衣服，直到他异常地勃起。

他精神振作，准备用这可怜的时间努力将那思索了一辈子的真理说出来。一个平时很乖的孩子，忽然跑来对他做鬼脸，咧——咧——咧，爷爷，咧——咧——咧。他差点坐起来。人们见如此，一起做起鬼脸来。

最后，他在猝不及防中死了。他的一根手指高指着，上下牙齿轻轻贴着，准备说出一个脏字。

* 2005 *

武侠小说 2005年11月23日

我从瑞昌县出来已有三年，先后跑过郑州、上海、广州、北京。行李箱里的东西越来越少，最终只剩下几封情书、一些废弃合同以及一本别人写的武侠小说。小说抄在软皮抄上，字迹端正，目测有六七万字。我一直带着它流浪。它的作者是我的高中同学，长得像古龙。

他叫宋相锋。我读省警校时，他读九江师专。毕业后我去洪一乡做警察，他去花园乡做老师。都很寂寞。在花园乡，他面对黄砖墙和锈迹斑斑的双杠，面对昏暗的明月和几棵山坡上的树，就着笔记本写武侠小说。按照他的说法，这篇小说和历史有关，一个人在中国遇上什么事，逃难去了朝鲜，又在朝鲜遇上什么事，逃难去了欧洲，在欧洲他又遇上什么事，逃难去了美洲。这个人身怀绝技，独占美色和苦难。

他后来抄了一本给我，没有错别字，一笔一画，干净规整。我信手放进抽屉。据说后来有一天，他从花园乡回到城里，从自己家楼梯滚了下去。因此落下说话吃力的毛病。说话仿佛是一个字一个字地组织，一个字一个字地生产。

二〇〇二年我逃离县城，临行前不知为什么带上他写的武侠小说。我在郑州时，有次上QQ，发现他在。他说他已在深圳工作，是家文化公司，专门写策划案。我问工资怎样，他说，比做老师时少了一百元。

我至今还没有把他的小说看过三页。

小偷 2005年10月29日

我在乡下派出所时，喜欢用桶子提着换洗衣服去河里洗澡。有一天准备下水，看见同事押着一名瘦子朝派出所走，小周喊道："别洗了，捉回来了，这家伙有轻功的。"

我草草洗完澡，回所。他的罪名是偷吃红薯干和腊肉。罪名不重，但考虑到他总是吃别人的，我们还是去村里将他带回。我们去之前就知道他是孤儿，有很多母亲，很多父亲，没有属于自己的一砖一瓦。

自从失踪几个月回来后，他的名字便叫"练过的"。

"练过的？练过什么？"

我们的问话让他发抖。他跪下来磕头。我们抓他来是为着教育他，教育完放人，但是不知道哪里来的这么多寂寞，让我们突然激情澎湃，要戏弄戏弄他。

"既然练过，蹲个马步看看。"小周说。他便深吸一口气，双臂平伸，朝天各竖起一根食指，同时双脚分立，半蹲着。我们当时就笑了。他的小腿肚不时打颤呢。小周过去扶住他肩膀，往下一压。我上去踩他大腿，说："好生记得，大腿要和地面平行。"

话音未落，他一屁股坐倒。我们笑得更厉害。旋即，他又认真地站起来，双手平伸，继续半蹲着。我看得别扭，说："你还会别的吗？"

"会一点缩骨法。"

我们兴致勃勃，用两张办公桌夹住他的手，让他抽。他有模有样地叫着，还真抽出来了。我们自己试验，发现也能抽出来。因此我们给他铐上手铐，让他抽自己的手。他失败了，说今天比较缺力。"气功讲究的是运气，你不让我运半小时的气，怎么抽得出来。"他说。我们当他是个笑话。因为要吃饭，我们就将他带到二楼乒乓球室，让他将双手隔着一根钢筋伸出去，从窗户外铐好。铐的时候，小周说："哦，练过的，会缩骨法。"将铐环朝里推，可以说铐到紧得没法再紧了，以致都能看出他的手腕被勒出红印。他惨叫起来。

我们吃完饭玩牌，玩过牌又找人下棋，很久才想到有个小偷，决定将他放了。但在打开二楼乒乓球室的门锁后，发现窗台那里只剩一副孤零零的银色铐子，人不见了。我们分头去找，有的往邻省的方向去追，有的往邻镇的方向去追，有的往乡政府的方向去追，我往河里的方向追。我们连个影子都没追到。当我们垂头丧气往回走时，发现群众三三两两围着，看看我们，又看看半空。

那该死的人的身体贴着派出所的墙壁，双手正抓着二楼所长办公室的窗台边沿。

“下来！”我们说。

“不敢。”

“为什么不敢？”

“会摔死的。”

这名小偷将手从手铐里抽出来，然后整个人像是无骨之人，或者说像一团松弛的肉，从乒乓球室门头窗那不算稀疏的窗棂间挤出来。然后他用同样的办法，从门头窗窗棂之间那大约半尺宽的空隙里，钻进所长办公室，一直潜伏在那里。然后趁我们去追时，他从所长办公室外窗爬出来，试图跳到地面。因为不知道究竟有多高，一直没敢跳。我们找了把梯子将他顺下来，严肃教育了他，然后将他释放。

小镇后院 2005 年 7 月 4 日

我可以忘记刚才别人说的事，但不能忘记很久以前发生的事。我现在的生活打上以前的烙印。我的嘴唇上有块小的疤痕，是童年时在药店吃饭被铁铲烫的。现在上厕所之前要做大量准备工作，其中包括拿书报。这个习惯也是在药店养成的。

那时药店的人解手都要带一张报纸仔细阅读，读完就将它们揉成手纸。有一次我认真读报的样子，激发了父亲的灵感。他指着报上一位戴眼镜的领导说，你以后也可以和他一样。

我确曾从政一点点时间，不过还是离开了这条道路。

药店院子里有口井。别的井没有水时，这里还有。可是有一次的干旱实在是来得太彻底，以致这口井也枯了。我在药店大堂听见隔壁单位烧火的姑娘一边望着井底一边说："怎么连这里也没水了啊。"不一会儿，从水井那边传来躁动声。杨叔、赵叔、何叔、大李叔、小李叔、熊叔围着井口研究，此起彼伏地说"好啊好啊"。

我走到那，看见他们当中年纪最大的杨叔（当时是药店副经理）成了指挥。他对何叔说你太胖，对大李叔说你个子太大，对小李叔说你眼睛近视，对熊叔说你也胖了点，而且重。最后他对赵叔说，就你合适，你的身材和体重天生就是为这件事准备的。

杨叔让何叔、熊叔、小李叔负责拉紧绳子，大李叔负责抱住赵叔的胸。他们让赵叔站在一只暗红色的塑料水桶里。以前用的是铁桶、铝桶，最早还是塑料桶。水桶掉到水井里好多只了，都被烧饭的李老爹用铁钩钩上来。但是掉下去的机械表、电子表、脸盆、肥皂盒、发簪、刨子、新鲜的鱼以及洗好的鞋子却一直待在井底。

“同志们再见了。”赵叔挥手说。然后何叔、熊叔、小李叔慢慢往井下放装着赵叔的水桶的绳子。大李叔松手时还拍了拍赵叔的胳膊，然后加入拉绳子的队列。“同志们再见了。”赵叔补充道。

指挥官杨叔没有事做，发出感慨：“真不知道井里边有多少宝贝啊。”

这时天空真蓝，蓝得一无所有，大家都光明得有些心慌。我站在他们旁边，看到他们匆匆交换着眼神。他们在怀疑什么，好像在说：赵老四怎么这么瘦，怎么瘦得比绳子还轻？

也就是在那时，我像是坐在突然下坡的车辆上，心脏出现可怕的失重状态。顷刻间，从井底传出一声惊天动地的喊叫：“啊！”

是绳子断了，赵叔坠井。

我的心脏随即狂跳不止。人也像饿惨了，不停地颤抖。有个人要死了。那些站在井边的大人瞎跑起来，瞧着他们纷乱的身影我连谁是哪个叔也分不清楚。应该是拍打了一会儿自己的脑门，小李叔强制自己清醒，朝井下问："你没事吧？"

井下没有回答。

大李叔说："你力气不算小，可以撑着井壁上来啊。"

杨叔推了推他。

有人都开始哭了。很大程度是为自己一手酿成这样的惨剧哭的。直到井底传来好似精神病人一样时高时低的号叫："我要死了，我要死了，我要死了。"见他说得不带歇气的，大家心里才安定下来。杨叔去外边马路抢来牛贩子有鸡蛋粗的绳子，丢到井底，然后大家排队抓住绳子。赵叔用绳索绑好腰后，说："绳子检查过没有，牢不牢啊？要是不牢，你们再找根牢的来吧。"

"你就放心吧。"杨叔说。

杨叔在卫生院上班的老婆带来所有同事，别的单位上班的、烧饭的也都过来，大家都等他出来。那几天，好多人都在等他康复，谈论他。此后他一生再未经历此等盛况。就在那几天，他的女友、我叫游姨的女人赶来，倾心照顾骨折的他。两人如胶似漆，共奏人间佳话。

多年以后赵叔和游姨未老先衰，在县城打牌过日子，有时也大声地吵架。日子过得平庸至极。

上帝之吻 2005年6月5日

昨夜在网上看到一条几十字的新闻，说瑞昌发生一起命案，死七人。下班后喝酒，突然有点想家人，便打弟弟电话。因此知道这七人没一个是本地的，四个是福建人，三个是广西人，或者五个是福建人，两个是广西人。福建人当中为首的是一家轧钢厂老板。

我说是张什么张老板吧。弟弟说是。

我和张老板有过一次接触。当时我在县城派出所实习，有天陪警长有事去轧钢厂，完了张老板请吃饭。张老板头顶精光锃亮，耳上尚留一点头发，和电视上刻画的富商差不多。他请的饭比较省，是在一家有苍蝇飞舞的餐馆请的。不过这不影响他的自负，他总是说和你们书记市长很熟。后来我听说还有姑娘为他提包。提包的姑娘跟着他坐着一辆丰田皮卡。是日本原产的，方向盘在右。车斗内常放着几根钢条，似乎是样品。

据弟弟讲，张老板与一帮广西人不知怎么在牌桌上认识了。广西人找来五罐剧毒气体。这气体有多毒，广西人自己也不清楚。反正广西人拿起摩丝一样的罐罐就喷，张老板和同乡就瘫倒在地。那几位广西人还没来得及高兴，也往地上倒了。这件事看起来跟我们瑞昌人没关系，不像以前，一个外地人杀戮的是我们七个本地人。但是弟弟加重语气说："那五罐剧毒气体只用了一罐，其余四罐不知去向。"省公安厅已经下文，要求市民凡发现罐罐，不要轻易开启，不要靠近，马上报告。

* 起源 *

起源 1995年2月10日

今天我看到她。她坐在角落里，微弱的光芒一直停在她脸上。她在想着一件事，或者什么都没想，一股哀怨的气息像泉水从眉宇间汩汩涌出。她在发怔。她这会儿还不知道我像一个深受感染的旁观者，揪心地看着她。这是我第一次喜欢一个异性，像封闭的山谷猛然敞开，大风无休无止地刮进来。

图书在版编目（CIP）数据

寡人 / 阿乙著. —南京：译林出版社，2021.9
（阿乙作品）
ISBN 978-7-5447-8705-5

I.①寡… II.①阿… III.①散文集 - 中国 - 当代
IV.①I267

中国版本图书馆 CIP 数据核字（2021）第 077414 号

寡人　阿乙／著

责任编辑　管小榕
特约编辑　侯擎昊
装帧设计　好谢翔
封面绘图　刘盛佳
校　　对　王　敏　戴小娥
责任印制　颜　亮

出版发行　译林出版社
地　　址　南京市湖南路 1 号 A 楼
邮　　箱　yilin@yilin.com
网　　址　www.yilin.com
市场热线　025-86633278
排　　版　南京展望文化发展有限公司
印　　刷　徐州绪权印刷有限公司
开　　本　850 毫米 ×1168 毫米　1/32
印　　张　10.125
插　　页　4
版　　次　2021 年 9 月第 1 版
印　　次　2021 年 9 月第 1 次印刷
书　　号　ISBN 978-7-5447-8705-5
定　　价　59.00 元